旅人
あある物理学者の回想

湯川秀樹

［日］汤川秀树 著　周林东 译　戈革 校

旅人
一个物理学家的回忆

上海译文出版社

自 序

去年（昭和三十二年即 1957 年）1 月迎来了我的 50 岁生日。到那一天为止，我已经生活了整整半个世纪。

按普通的标准来衡量，我所走过的并不是一条艰难的道路。我出生在一个学者家庭，是和后来也都成了某方面学者的几个弟兄一起长大的。我所受的教育带有很浓的自由主义色彩，我没有体验过世俗的辛劳。我有一个幸运的环境。

但若要问"探索学问的道路"我走得如何，却不是那么容易分析。尽管我在某些方面是幸运的，却不能否认我经历了更多的艰辛。物理学是在 20 世纪取得了迅速进步的一门科学。可以说，我只是乘着一门新科学的高涨势头做着我所喜欢做的事情。能够说得清楚的仅仅是这样一点：如同过去所做的那样，我希望成为一个周游各地的旅行者和一个荒野的开拓者。

有时，一块开垦地尽管一度收获丰盛，但仍被抛弃在一边。今天的真理，到明天就可能遭到否定，而这也就是我们必须时时回顾昨天所走过的路，以便找到明天所要走的路的原因了。

我在前面讲到过两条道路，但实际上只有一条。因为我作为一个科学家而成长起来的道路，就是我作为一个人所走过的同一条道路。在以往的 20 年里,我曾经写过几篇有关我自己过去的随笔。别人曾经写过关于我的各种文章,其中有几种传记。世人对于我作为一个人已经有了某一种印象,而我却想提供可以被用来判断这种印象的某种材料。

一个人在镜子中看到的自己的脸,也就是别人所看到的那张脸。可是,当他揭示出别人所看不到的内心世界时,听者就可能会感到意外。这两种不同的观察可能难以达到一致。对于我来说尤其是如此,因为我总是在表达自己的看法时感到困难。同时,我还倾向于主观地看待问题,而且倘使我努力做到客观些,那么我可能会背叛自己。

不管怎样,我甚至不能清楚地认识到这本回忆录将是什么样。《朝日新闻》给了我实现我在将近 50 岁生日时所萌生的愿望的一次机会。在过去的一年中,我利用余暇写了这本书。两个月前,我过了 51 岁生日。

我打算适当地写到我的近亲,我的朋友和老师也将出现在书中。这本回忆录的一大部分应当被称为"小川秀树及其环境",而不应当被叫做"汤川秀树自传",因为"小川"是我父亲的姓。

小川秀树于明治四十年(1907 年)生于当时东京市麻布区市兵卫街。每逢春天,家里就充满了梅花的香味。

目　录

第一章　智慧的故乡 ·················· 1
第二章　我的父亲 ···················· 17
第三章　我不愿说 ···················· 35
第四章　染殿街 ······················ 49
第五章　一种航行 ···················· 71
第六章　波和风 ······················ 89
第七章　插曲 ························ 105
第八章　青春 ························ 115
第九章　狭窄的门 ···················· 131
第十章　结晶 ························ 149
第十一章　转机 ······················ 169
第十二章　苦乐园 ···················· 189

尾声 ……………………………………… 209

后记 ……………………………………… 211
译后记 …………………………………… 212

第一章

智慧的故乡

许多人以为京都是我的原籍，实际上，这是我接受大部分教育的地方。从京都大学毕业后，我虽在大阪附近住过一段时间，但不久就又回到了京都。前几年我从美国回来时，直到火车穿过东山隧道驶近京都时，我才感觉到我是"回家"了。

但是，毫无疑问，我是生于东京的（在麻布区市兵卫街二番地）。我记不得我出生的那座房子，甚至也记不得那里梅花盛开的景象了。我只是听我的母亲说起过它们，但是我心里想它们是极美的——也许是我的下意识力图美化自己的出生地吧。

我在麻布的家中住了14个月。后来，在东京一个地质研究中心工作的父亲小川琢治受聘到京都帝大去当教授，从而全家就迁到了那里。他在京都大学第一次开设了地理学课程。

麻布曾毁于战火，今天已无法辨认其昔日旧貌了。我们家的房子是在一个斜坡上的一条小路的末端。团琢磨①是我们的一家邻居，而柳兼子②家的房子既宽敞又美观，我是这样听说的。

---

① 团琢磨（1858—1932），日本实业家，毕业于麻省理工学院矿山专业。曾是三井财阀的最高领导者。[本书脚注皆为译注]
② 柳兼子（1892—1984），日本声乐家，女低音歌手。日本著名民艺理论家和美学家柳宗悦之妻。

我幼时在京都总喜欢向母亲打听我出生的房子的模样，她就告诉我："那不是一所大房子，但它是向阳的，住起来很舒适。你出生在一个冷天……"当然天是冷的，因为那是1月23日！梅花想必还结着坚硬的蓓蕾吧。我的长兄芳树当时是6岁；我的二哥茂树是4岁。他俩对那座房子的记忆已经淡薄，但是我的两位更年长的姐姐香代子和妙子似乎记得清楚些。不过，50年前的记忆可能已不很确切了吧。

把行李包裹从东京托运往京都以后，全家就在新桥火车站附近的一家旅馆下榻。我哥哥茂树说："夜里，火车轨道发着光亮，我还记得是蓝色的。"我们是3月底搬家的；夜晚想必是寒冷的。

那年是明治四十一年（1908年），是在日俄战争之后不久，全国的气氛或许是紧张的，而新桥车站一带按现代标准来说想必是难以置信的黑暗。我们下榻的旅馆是陈旧的，低矮的天花板上吊着一盏油灯。在灯下，我可以想像到全家人在心中对于一种新的开端是怎样地抱着期望和不安。——也有可能这旅馆已经有了一种光线暗淡的电灯，而不是油灯。

我的记忆是从我们移居京都的时间才开始的，所以京都也应算是我的故乡。

我最早的记忆是自己伏在母亲的背上。我相信我们当时正站在连接铁路站台和京都车站主楼的天桥上；我打着瞌睡。我所回忆的也可能不是我们到达京都的那个时候，因为这印象太清楚了。我能够看见盖着屋顶的天桥肮脏的天花板和被烟熏得漆黑的玻璃窗，我能够听见火车的汽笛声。

还有另外一种同样的记忆：我在一个庭园中被某人背着，那个人可能是帮我们家干活的一位保姆。我能够听见一种催眠曲，我昏昏欲睡。庭园里长满苔藓，仓库的白墙在冬天微弱的阳光下显得很明亮。这种记忆看来涉及的是我将要在下文中描述的在染殿街的那个家。

我们全家抵达京都时，发现竟没有房子可住。我们虽预定租用故宫附近柳风吕街的圆觉寺的一部分房子，但是房子还没有为我们准备好。我们暂时寄宿在三条麸屋街的泽文旅馆；我们在那里有一个很大的房间，旅馆里生活不安定，我母亲准是很辛苦。父亲为他的新职位忙碌着。两个学龄前的男孩在父亲的写字台旁边玩耍。我这个婴孩想必也时常哭闹。

在那闹哄哄的日子里，发生了一桩不幸事件。一天夜里，我父亲琢治开始发高烧，抱怨说他的手臂疼痛。起先，我母亲认为他是在漫长的旅途中手携重物而感到疲劳。但是，他的脸色因发烧而变得通红，他说痛得不同寻常。手臂从肩部痛到手腕，而且肿了起来。京都大学医院来的一位医生诊断是蜂窝组织炎，第二天我父亲就住院了。我父亲在全身麻醉下做了手术。还算好，没出什么问题。

在父亲住院时，全家搬进了圆觉寺。我母亲带着这么多孩子搬家是很困难的。我父母在京都举目无亲，虽然他们俩都是离此不远的纪州人。

父亲的身体大约两个月后康复了。但右手肘到手腕留下了一生都去不掉的伤痕。

圆觉寺所在的柳风吕街,至今还是一个安静的地区,那时它就位于闹市的幽静边缘。那年,京都帝大建校只有12年,京都的人口刚过30万。我们在寺内住了大约一年,此后我们经常换房,有时是为了房东的便利,但更经常的是为了我们自己的理由。

我父亲的母亲以及我母亲的双亲都和我们住在一起,我父亲是入赘结婚的。在我之后,我的两个弟弟环树和滋树出生了。这是一个大家庭——此外,我父亲的藏书也正在迅速膨胀!

我父亲是地质学和地理学的专家,但他兴趣广泛,买了许多专业以外的书。例如,他非常爱好艺术。当他热衷于研究某种事物时,他就要收集到所有与此课题有关的文献才肯罢休。例如,他想下围棋,他就把所有能找到的围棋书都买回家来。这些书装满了藏书室,而后又涌进了书房。当所有藏书的地方都满了时,父亲就会对母亲说,"我们得再搬家。我们能在哪儿找到一间更大的房子呢?"那时的大学教授们必定比今天的教授们富裕得多!

父亲每天乘人力车来往于家与大学之间。这种人力车当时还没有使用橡胶轮胎,我至今还记得它们的车轮所发出的刺耳的噪声。

但是我们家并不是永远富裕的,因为我父亲不断要买许多书籍和书画。有时他怀疑他是否供得起他的儿子们上大学。如果没有母亲强有力的敦促，我可能没有接受大学教育，也就不存在今天的我了。

我并不信仰宿命论，但当想到这一点时我无法摆脱一种不可思议的感觉。一个人不可能预先知道他的一生将会有什么样的发展；我不可能曾经想到在20年后在我脑子里会产生一种对物理学有贡献的思想，也想不到我竟会对物理学的发展产生影响。

我们终于搬到了在寺町（染殿的一条马路）的一所房子中，位置在梨木神社正北。这房子曾经是属于一个和皇室有关的贵族的。它的庭院长满了苔藓。我们的房东就是那位贵族，他名叫六条。我从来没有见过他，但据我的姐姐说，他有一张方脸，在孩子看来是很可怕的，大家都管他叫"聋子六条先生"。

"聋子六条先生"这一绰号是从何而来呢？我姐姐至今还说她能够记得他在京都每年的葵花节期间，穿着漂亮衣服骑在一匹马上的神态。我原先总是以为他是个真正的聋子，但是姐姐后来告诉我说他的耳朵并没有生理上的缺陷，而只是在听到不顺耳的话时故意装聋，所以邻居们戏称他为"聋子"。在当时，京都有许多地位虽高但囊中空空如也的贵族，而且他们也有着同样多的性情乖僻的名声——"聋子六条先生"就是其中之一。

这所房屋就在寺町街上。屋子后面的房间是宽敞而旧式的，我的外祖父母住在二楼的房间中。门的左侧，靠着围墙有一个地板很高的房间,它有一扇格子窗。我和哥哥茂树在那里玩耍,我们透过窗户看外面的街道。甚至到今天,寺町还是一条小街。当时,在街的一侧有一条市内有轨电车线,是京都最老的有轨电车线之一。今天(1957年),电车行驶在寺町东面的河原町路上,寺町已没有电车轨道了。

在几乎正对着我们家的街道的另一侧,是清净华院寺的山门,该寺庙是佛教净土宗的总寺院。由于某种理由,我们称它为"净华寺"。我的哥哥们经常在寺内玩耍。进入山门,左手就是主楼。在屋顶上,可以看到菊花纹。经过与执事房及禅房所在的主楼相连的高架的走廊时,可以俯瞰寺内的墓地。我的两位哥哥在那儿玩捉迷藏,我有时也到那儿去玩,虽然我对此几乎什么也记不得。等一下,还记得一件事情。

我的大哥芳树是个少年老成的人物,而二哥茂树则充满了自信。我这个老三已经意识到了来自哥哥们的压力。当我奔跑着穿过"净华寺"的墓地时,我失足滑倒了。脑袋撞在一块墓碑上,我顿时感觉到眼前一片漆黑。我开始大哭起来,但哥哥们已经走远了。当我仰面躺在地上时,阳光透过樱树枝叶间的缝隙进入了我的眼帘,我透不过气来:它们就像是无数的星星——正午的星星!很久以后,当介子的想法出现在我脑海里时,我又模糊地瞥见了这些正午的星星。

我的父亲琢治在年轻时为了进行地质调查而走遍了全日本。

他30岁时作为日本代表出席了在巴黎召开的国际地质会议。他对自己的工作总是非常热心。对于一个孩子来说，这类科学家作为一个父亲有时显得太严厉；有时他显得对自己的孩子太不关心。

后来，在我入赘于汤川家之后，我经常回去看望我的父亲。我们一谈就是几个钟点，有时谈论我们各自的研究，有时则谈论当时的社会问题。正是在这个时候，我发现了他还有另外的一面。但在我年幼时，他在我眼中却是一个不苟言笑的人。他常对母亲说："不应当惯坏孩子。"而母亲回答说："他们还很小。"看来我父亲似乎并不赞成孩子们的天真行为。

我不记得被父亲抱过。我也没有向他要过玩具。他可能指望一个孩子应当具备大人的观点。我在京都一中入学时，校长森外三郎先生在对我班做欢迎致词中说道："从今天起，我将把诸君当做绅士来对待。"森先生是对着十三四岁的男孩子们说这番话的，而且他的讲话当时在日本是很有名的。或许我父亲也持有相似的态度。

他对我的两位哥哥的态度也是相同的；我并不认为他们曾经受到过父亲的拥抱。父亲的权威是绝对的，而我母亲的责任就在于维持这种权威性。她放弃了个人的生活来照顾家中的孩子们和老人们。母亲当时可能是每月上街一次，但是她总是一买完东西就回家。她确实读了不少书，但那也是为孩子们而读的。

按照今天的标准，母亲是很老派的，但是毫无疑问，她是把家务事当做自己的责任来承担的。她的惟一乐趣就是抚育孩子。她故世于昭和十八年（1943年），一生中从没有看过一场电影，娱乐的想法对她来说似乎是不存在的。作为一个孩子，我总是为她感到遗憾，而且我至今仍然不知道她是否真正对自己的生活感到满意。

因为母亲总是忙忙碌碌的，我是跟随祖母长大的。祖母的名字叫浅井民枝。她是一个性格直爽的人，经常带我去参观京都为数众多的寺庙和神社：从清水寺的舞台所见到的京都、东福寺的秋叶、知恩院的大屋顶和瓦片。京都的建筑和自然美曾经给我留下了强烈的印象。

我的父母都毫不犹豫地选择了自己的道路。也许正是这种遗传性引导我走上了科学的道路。不过，我幼时并不喜欢科学。虽然我在上小学时成绩良好，但是我在读初中和高中时却远非一个天才。我的大哥芳树喜欢开玩笑地说："秀树不是一个聪明的孩子，他脾气倔强，净给我们惹麻烦。"但是我在自己的活动中是专心的。给我一套积木玩的时候，我可以独自一口气玩上几个小时。我们家有一条向阳的走廊，面对着庭院，院内有矮树丛和石灯笼，而我就在走廊里玩积木——造房子、门和塔。

这在别人眼中看来是怎样的呢？祖母给我带来点心吃的时候，她会慈爱地说："你还在搭积木？真是一个勤快的孩子！"在我看来，我所搭建的塔是像八坂的塔一样了不起的，而我造的房子则像皇宫一样壮丽。"奶奶，我要给你造一座本愿寺。"我把塔拆散了，开始干新的工作。待我搭成功后，祖母会说："多美的一座寺院啊！我得参拜它。"她说着就会假装祈祷。

有一天，祖母给我买来了一套由12块彩图板组成的拼板玩具。我全神贯注地玩起拼板来，但是玩过几次后我觉得这太容易了。如果把最后拼成的画面记忆在脑子里，那么玩起来就再容易也不过了，因而当我毫不费力地记住了每个画面的图案时，我的好奇心顿时就消失了。"看，奶奶，翻过来我也能拼出来！"我可以不看任何画面进行拼板，而当我把它朝上翻过来时，就会出现那个画面。"哎呀！"祖母说，"真是一个聪明的孩子——也许是家里最聪明的孩子。"祖母高度地评价了我的能力，这是家中其他成员所没有的一种看法！

祖母死于染殿街的家中，所以当我们搬到东樱街的另一所房子去住时我就很孤单了。但是，我受到了外祖父、外祖母的宠爱。新居的房东是一位叫丰冈主资的子爵。府立医院就在附近，久迩宫也不远。皇宫的旁边就是鸭川河。在皇宫中的场地上每年举行一次六斋念佛①，那天皇宫是向老百姓开放的。一个大型的围棋盘被安置在正门前，在棋盘上表演一种狮子舞。狮子的服饰是鲜艳的橙色和绿色，而它那威猛的面具给我留下了深刻的

---

① 一种佛教的舞蹈唪经。

印象。

我们家的大门像寺庙的大门一样，门上的瓦是桃子形的。门内有一处给来访者的仆人们住的房子。后面是储藏室，然后就是前面有台阶的正门。这就是一所老式的贵族府邸。我记得大门的左侧种着几竿竹子，右侧种着一棵枸骨树。

当通过木头大门走近屋子时，右手是一个庭院，在庭院的一角矗立着一个小小的神殿。神殿旁边有一间单独的房间，那是外祖父驹橘的居室。与这房间与正房之间的庭院内，外祖父栽培了牵牛花和菊花。他曾经带我去看过一次牵牛花会。他也常常带我去看相扑。

今天那个城市已大变样了，因而很难指出牵牛花会的确切地点了。那次花会是在花见小路的东北角附近的一所大房子内举行的，沿着四条路走过鸭川河几个街段就到了。在那里，我看到了不计其数的像我的面孔一样大的花朵。也有花瓣像线条一样下垂的非常复杂的花。相扑是在建仁寺的场地上举行的，我至今还记得一个叫太刀山的相扑选手比其他的选手强得多。举行过相扑的那个地方今天也见不到了。

在鸭川河岸上时常举办小型展览和摆着各种货摊。在此期间，桥上的一部分栏杆被拆除了，立起了长长的阶梯，向下一直通到河岸。我从未在那些货摊上买过任何东西，但是当我沿着河岸走过时，我的心却兴奋地跳动着。

在我们家里，男孩子的责任是擦油灯罩。寒冬的一天，我坐在储藏室前的宽阔的走廊上擦着灯罩,突然从远处传来一种奇妙的笛声。这是一种充满伤感的单调而又缓和的声音。我问外祖父:"那是什么乐器?"他回答:"那是笙笛,是用于雅乐中的一种笛子。"这笛声来自我们房东丰冈先生的屋中。我虽对雅乐一无所知,但我却被它所吸引,沉浸在一种奇妙的幻想中。甚至直到今天,我一听到神前结婚宴席上吹奏的越天乐,就会涌起一股怀乡的情思。

我完全记不得丰冈子爵了;他是一个很少外出的人。后来,我发现他是一位贵族院议员,经常为了出席议会而上东京去。他在京都组织了雅乐会。无论怎样,有一个人从早到晚吹着笙笛,是一个比较清闲时代才有的事。他拥有大量的关于雅乐的研究资料,他去世后便被继承人带回东京的家了,听说后来都毁于战火。真是可惜。

我从来没有许多亲密的朋友。那可能部分地是由于我的个性,但是这也是京都的典型特征,我是在那里度过自己的童年和少年时期的。京都的住宅设计使得居民与外界隔绝。即使在拥挤的商业区,也只有商店是对着大街开的。如果你是生活区的居民,通过挂在店后的布帘,可以看到那儿还潜藏着与外界隔离开来的一种静谧的黑暗。甚至有些商店的商品也是从外边看不到的。

在住宅区,高高的白墙连成一片。有上面遮盖着厚厚屋顶的高大的门，院里种有灌木丛，住房总是在后面。虽然有充满阳光的庭院，但是外面的人却一点也不知道。这类住宅结构恰好适合养成京都人的性格。不，这也许正是京都人的作品，他们很容易向外界关闭自己心灵的门户。

我从来没有和同龄的孩子们玩耍过，虽然有些孩子住在附近。而且我对其他的人家也从来不感到有任何的好奇心。我觉得生存在一个有限的小世界里是自然的。这样有限的环境能够在一个孩子的心灵中产生出一种丰富的想像力和一种浪漫的气质。我的大姐虽从女子学校出来呆在家里，但是她太大了，不能跟我一起玩。白天，在两个哥哥放学回家之前，我就单独和弟弟在一起，而他对我来说，又显得太小了。有时我离开家，漫无目的地散步。

本禅寺有一尊笑阎魔①。它占据着一个黑暗的小佛堂，而你倘若凝视它一会儿，它就会像在嘲笑你一样。我常去那儿，虽然它使我感到胆怯。梨木神社是绿色的，看上去很美；走过它的牌坊就是皇宫清和院的宫门之一。在宫门内有一条用大鹅卵石铺设的笔直的道路，右边是一堵白墙，左边种着树木。一棵高大的朴树在春天开出淡黄色的小花，在秋天里，它结满了鲜红的小果实。甲虫就生活在那棵树上。我站在树叶下仰视甲虫，但是在白天却无法找到它们。

---

① 阴间的守护神。

我的哥哥会给我捉甲虫。大清早，甚至在洗脸前，我哥哥和一个朋友就跑到宫门那里去。那儿有一盏弧光灯。夜间甲虫在朴树上受到了灯光的吸引，到清晨就疲倦了并掉落到地上，静静地躺在带露水的草地上。它们的黑色翅膀闪着光辉。

长着在顶端分为两叉的一个角的甲虫，我们称之为"兜"。长着两个角的甲虫是"源氏"。没有角的甲虫是"坊主"。我把它们都关在一个木盒内，用糖水喂养它们。有时我会把它们放出来，让它们打架或拉纸车。我在盒盖上开了出气孔，而且用一块石头压在盒子上，以免我的甲虫在夜间逃掉。

第二章

我 的 父 亲

昭和二十五年（1950年）夏，我从美国临时回国，在日本逗留了一段时间，在一个特定的夏季，我小学时代的同届同学举行了一次联欢会，出席者有20人左右。我那同年级的同学总人数当时还不满100人，毕业30年后竟还有这么多人能够相聚是出人意料的。这种情况可能也与京都这个城市有关，因为在这个城市里许多人家都是世世代代克绍箕裘的，甚至在今天也如此。大多数京都妇女都出嫁在市内或近郊。而且，当然，京都并没有遭到战争的毁坏。

我所有的同年级同学都已40多岁了。有些人我还记得，而另外一些我就记不得了。但是在交谈之后，朦胧的记忆又开始再现在脑海中了。因为现在各自的兴趣是如此不同，所以我们的谈话就倾向于抛开现在而追溯到过去，一谈到过去的岁月，我们就都有了共同的话题。

小学一、二年级时坐在我旁边的成川千子女士说："我从没有想到汤川君会成为一个物理学家，我原以为你将会进入文学领域，尽管我对此事想得不多。"其他的一些人也有同感，也许这就是我的朋友们对少年时代的我的一种看法。我回答说："是的，我小时候读过许多的文学书。"从而我也就想起了我父亲的学生时代。

父亲琢治直到在（东京）第一高级中学读书时还在向往文学。要不是发生了一个偶然事件，他也许就不会成为一个地质学家了；他曾经打算学习哲学。他阅读原文的英国小说，而且不仅仅是为了帮助学习语言。他所喜欢的一个作家是狄更斯。

父亲曾一度加入过一个文学同好会，参与了《我乐多文库》①的编撰。那是明治二十年代初期②的事了。

东海散士的《佳人之奇遇》，以及德富苏峰的《新日本的青年》，当时的青年们都很爱读。同时，坪内逍遥的《当世书生气质》也是当时人们谈论的话题。以尾崎红叶为首的砚友社终于开始散布一种新鲜的空气。

父亲上学时住在饭田町红叶山人家的附近，而且他成了"文库"的一个成员。有时，红叶山人给父亲带来手抄传阅的杂志；有时父亲到红叶家去取杂志。我听说，他们常在红叶的书屋里进行讨论。

现在让我比较详细地谈谈我的父亲。

我父亲小川琢治于明治三年（1870年）生于南纪。他是田

---

① 由日本著名文学家尾崎红叶（1868—1903）等人创立的砚友社的机关刊物，也是日本最早的同人杂志。
② 1887年及之后的几年。

边藩的儒学教师浅井南溟的次子。我父亲是入赘结婚的；在成为小川家赘婿以前，他姓浅井。

南溟在藩学修道馆给藩内的孩子们讲汉学，不过，在藩（以及武士阶级）被撤销后，他就在一个小村子里开办了一个私塾。我父亲是在14岁时进入和歌山中学的，但是他已经跟他的父亲读过日文的中国古籍四书五经等了。在南监本二十一史中，他特别爱读《后汉书》、《三国志》和《晋书》等。

我父亲在即将升入中学三年级时正赶上学制改革，宣布将二年级和三年级合并为一个年级。这使他大失所望，因为他本来入学就已经迟了，这样他就更加比别人迟了。同时，其他一些正在东京上学的学生在假期中回乡探亲并举行联欢会，我父亲也参加过他们的联欢会。听到他们讲的情况，我父亲在心中就涌现出了对于东京和"新学"的一种渴望情绪。

明治十九年（1886年），父亲在17岁时去东京了。他不是一个有钱的学生。他暂时在一家著名的预备学校即东京英语学校办了注册手续。翌年，他又申请入海军学校，打算享受官费教育。但是，幸亏（我认为我可以这样说）他没有通过体格检查。他成了一个学者而没有成为一个军人这一事实，肯定对他的孩子们是产生了极大影响的。

他在进入第一高级中学时还没有决定将来学什么专业，这是他接近尾崎红叶的一个原因。我父亲总是怀念他一生中的这个时期。后来，当他跟自己的孩子们谈及文学时，他就会怀着一种特殊的情感谈论红叶。然而，他对于小说家鸥外和漱石以后的现代文学几乎不感兴趣。

在东京上学两年后，他入赘到了小川家。直到那时，琢治的哥哥还为他付学费，但是这位哥哥只是一个县里的一个小官吏，他再也无法帮助弟弟了。一个了解我父亲困境的人给他安排了这次入赘，这种关系在成婚以后成立。他的岳父是小川驹橘。

驹橘也是纪州人，他参加过德川末年的长州征伐之战。后来他受教于庆应义塾（现为庆应大学）的福泽（谕吉）先生。他担任过长崎师范学校的校长，而后他又受雇于横滨正金银行。有时他也去母校庆应执教。有趣的是，他也是一个赘婿，原姓长屋。他的一个朋友小泉信吉是小泉信三的父亲；小泉信三后来当了庆应大学的校长。看到琢治尚未决定未来的志向，他的岳父想必曾对他说："去跟小泉先生谈谈。他可能会给你出一个主意。"小泉对西方科学具有广博的知识，而且对应用科学和技术有一种特殊的兴趣。每当琢治与小泉交谈的时候，都加强了他对自然科学的兴趣。我父亲之所以选择地质学作为专业，至少有两个明确的理由。

明治二十四年（1891年）春，他去和歌山看望他的生病的母亲，在回东京时，他染上了很重的流行性感冒，病倒了。当时即将期考，他抱病参加了考试，这使他的身体变得衰弱了。在感冒病愈以后，他又得了长期的失眠症；医生诊断说是因神经紧张所致。我父亲听说，散步是对失眠症的最好治疗方法。因而每逢周末他就去郊外散步很长时间。但是，没有见好。最后他决定不参加下一次学期考试，而与一位朋友到一个山区御殿场去避暑。他们在一所真宗寺院里租了一间房间。我父亲继续读英文小说，同时他对富士山的美丽风光大为惊叹。他说："我想有一天要去征服那个山顶。"他朋友回答说："你的身体状况不允许。"但是，想爬山的愿望在他心里却变得越来越强烈。而在后来父亲专攻地质学时，他的这个愿望就完全得到了满足。

我父亲在9月间回到东京并参加了补考，升到了二年级。但是，因为失眠症仍未痊愈，他决定暂时休学并到故乡纪州一带去。10月他回到横滨樱木町的岳父家，在他为出发旅行作着准备时，却发生了有名的浓尾地震。那天是10月28日。早晨，在横滨樱木可感到强烈的震动，接着便是持续一段时间的较温和的震动。报社发了号外，到第二天人们知道了这次地震造成的巨大破坏。

虽然常识表明应当放弃旅行计划，但是我父亲却作出了立即出发的决定。家里人反对说："铁路在好多地方不通。""那么我就步行去。"如果有必要，他打算步行考察地震的灾情。震后三天，亦即10月份的最后一天，他出发了。乘上拥挤不堪的火车，他遇到了学校的一位高班学生胁水铁五郎，后者正伴同一位教授小藤先生出来做大垣地方的震灾实地调查。我父亲说明了自己的打算，胁水说："那可不是一次容易的旅行。这不是你的专业，你没有必要去冒这个险。"这是他的忠告，但我父亲并不在意。

他在名古屋下车，发现市内是意想不到的混乱。被焚烧的和倒塌的房屋触目皆是。市民们害怕余震而露宿在室外。那时适逢11月，天气很冷，我父亲同情灾民，但觉得他不能呆在那儿。幸亏，他找到了一辆从大垣来的人力车，他乘上它西行了。他想亲眼看看受灾的程度，是受到他的学习愿望的驱使的。就在当时那种场合下，他决定今后将要倾全力去对抗自然界的威力。

沿路所见真是令人目不忍睹！铁轨横倒在高耸的路基下面。有些居民还在从半塌的房屋里搬出家财。道路和堤坝上的大裂口使我父亲感到震惊，他是初次目睹一个震灾地区。他看到有一座寺院的钟楼，尽管它的基石裂开了，但是它仍矗立在一边保持着它的模样；此时，他注意到了从地下来的破坏力是多么的强烈。他虽对灾民们表示同情，但是他对自然界力量的伟大也表示惊叹，甚至也许受到了激励。这次旅行是促使他去学习地质学的一个因素。

当他乘火车靠近大垣火车站时，一切逐步变得平静了。那里和名古屋车站一样拥挤不堪，但是他仍上了开往大阪的列车。次日，他抵达和歌山，住在长屋家里。他到故乡来的主要目的是恢复健康。他向他的伯父借了一杆猎枪进入和歌山城堡的森林去打鸟，但没有成功。"你不能在大白天一边走一边打鸟。"他的伯父笑着说，"你必须在拂晓或黄昏时把它从巢中赶出来。"我的父亲从这些话中体会到了做学问的真谛，后来作为一个地质学家，当他去收集地质标本时，他常常试图袭击矿物的"巢穴"。

我父亲在长屋家逗留了大约1个月，然后在12月初离开了。他打算周游南纪。他在汤之峰温泉附近看到了前年十津川洪水泛滥时所发生的大小山崩的情况，他沿着熊野川的主流来到了濑八丁。此时此刻，他深深地认识到了故乡山河的雄伟和力量。他以"从潮之岬展望太平洋"为题做了四句汉诗，他的汉文诗做得很不错。诗曰：

> 大潮奔驶去悠悠，
> 海南极端百尺楼。
> 一望直南三万里，
> 浮云尽处是濠洲。

这次旅行使我的父亲下定了决心。浓尾的震灾，纪州的山河及其海岸的复杂形状，这一切唤醒了他的求知欲。决心既定，他就尽快地返回了横滨。他和岳父商讨了未来的问题，然后又回到东京。次年，父亲正式改姓小川并转学地质学课程。正是从那个时候起，他的生活才开始集中在地质学方面。他从箱根、伊豆方面着手，对阿武隈地区进行探索。——他进行地质调查，足迹遍及全日本，直到他离开地质调查所时为止，但是他追求学问的热情一直持续到晚年。

我哥哥茂树高中时的同班同学桑原武夫,成了法国文学方面的一位卓越的权威。我听说桑原先生至今还这样说道:"我总是害怕小川琢治老师。"确实,他曾经受到过我父亲的训斥。这段逸事可以说明我父亲的性格,我愿意在这里谈一下。

桑原在高中时是一名爬山俱乐部的成员。有一年,在爬日本的"阿尔卑斯山"时,他跟爬山队失去了联系。全校都为他担忧,他的朋友们组成了一个救护队。结果发现桑原被冰镐刺伤了腹部,因而不得不由一位向导将他背下山到富山市。在返回京都前,必须动一次手术。他的朋友们都急于想听他谈谈自己的这段经历,他也许因而觉得自己很像一个青年英雄。伤愈后,桑原来看望我的哥哥茂树。两个人关在一间房内谈话;桑原的声音听起来年轻有力,很响亮。我父亲坐在书房里听到他的笑声,就把他叫来。虽然桑原君是一个活泼的年青人,但他毕竟还只是一个高中生,而我的父亲是一个大学教授,所以他或许规规矩矩地走进了书房,并对因自己的冒险而给人们带来的一切忧虑表示了歉意。但是,我父亲仍斥责他说:"不要只为了玩命而去爬山。"桑原力图说明情况,但我父亲不听他的。他作了一次长长的演讲和说教。我父亲喜欢青年人,这也就是他坚持教书到退休的原因;但是他的真正的爱有时会用激烈的言词来表达。他足足花费了一个多小时来让桑原认识到生命的重要性。

我父亲可能是想说明,一个人爬山必须有一个正当的理由。他本人爬过日本的大部分的山,他在说教中可能也提到了自己的经验。理由不需要是科学方面的，它可以是为了运动，但必须有一个目的。不过若是遇难了，就与强身健体的目的背道而驰了。"因为那里有一座山"，所以要征服它，这种想法是和我父亲，而且一般地说来也是和日本社会格格不入的。在他进行地质勘察期间，他有时也必须冒险。例如，当吾妻山喷火时，他因故没有去参加爬吾妻山的探险队。如果他参加了，他就得冒一次险。也许正是这一点使得他更加要斥责桑原了。

明治二十六年（1893年）的吾妻山喷火，在日本地质学史上是一次重大的事件。第一次喷火发生在5月，第二次在6月。农商务省决定派出工程师去勘察，东京大学地质系也准备派代表参加探险。我父亲想去，但他的岳父驹橘生了病，而且由于期终考试迫在眉睫，他决定不参加了。在他到横滨看望驹橘并回到东京后，他从报纸上读到两名探险队员因火山喷发而遇难。这两名队员走在别人前面，正当他们爬到火山口时发生了第三次火山爆发；其他的人正在描绘地形图，因而耽搁了。我的父亲确信，假如他去了那儿，他将是走在前面的人。看来他对青年热情的告诫也许是起因于这次插曲，他也许将这插曲跟桑原联系起来了。

从他在明治二十六年（1893年）9月进入东京大学地质系的那一天起，我父亲就把他的大部分时间用在了学习和研究上，直到他离开地质调查所时为止。他在调查过程中走遍了全日本。明治二十七年（1894年）春，他与我母亲小川小雪结婚。然而，直到举行婚礼前的那一天晚上，他实际上还在外面到处旅行，寻找结晶片岩的露头。

在一本著作中，他写道："我写到这一点，因为我不能省略我生活中的这一部分。但是我们的婚事毫无浪漫情节，因为当我们第一次见面时，一个是婴孩，另一个是七八岁的儿童。"因为小川家是纪州人，所以我的父母可以说是青梅竹马了。虽然他们长大后分开过，但是他们仍然可能具有某些共同的童年回忆。当我父亲入赘时，他们也许觉得彼此很像兄妹。甚至在婚后，我父亲仍住在本乡森川町。

即使我母亲看起来像是个老式妇女，一心扑在家务上，当孩子的数目增多时尤其如此。但是，她实际上可以成为一个现代女性。她的父亲驹橘送她进了东洋英和女子学校。她是在她那一代学过英语的为数极少的姑娘中的一个。两年以后她退了学，可能是因为她的父亲已经同意为我的父亲付学费。母亲在搬到京都后很少外出而专事管理家务。但如同我现在回想起来的那样，我的母亲有一个逻辑性思维非常强的头脑，而且她一点也不迷信。这可能是驹橘采用新式教育法的结果。就我所能记忆的范围而言，在我母亲的桌上有过一本妇女杂志《妇人之友》，而且她很佩服该杂志的编辑羽仁元子。我曾经应这位编辑之邀而在自由学园做过讲演，而且我是和我母亲一起去的。她因为见到了羽仁元子而很感高兴。

在从东京大学毕业前的几天,我的父亲得到了他在和歌山的生父病危的消息。那是在明治二十九年(1896年)的7月间。我父亲立即动身回了家。当他抵达时,他父亲还活着,他想要是能让父亲看到他的毕业证书就好了。站在气息奄奄的父亲的旁边,他擦掉脸上的泪水和炎夏的汗水,强忍着眼泪说:"我回来了。毕业典礼很快就要举行。"在琢治背后,他的生母民枝用手捂着脸在抽泣。

关心毕业证书是可以理解的。那时不像今天这样,在日本全国各地有许多的大学。对一种大学教育的评价也是不同的,学生们的情绪也大不相同。作为一个国家,日本的声望正在增高,这是"日清战争"[①]后的情况。对于那个时期的一个学生来说,从东京帝国大学毕业就是最大的荣耀。

出殡之后,我父亲去丹波的绫部町参加了一个讲演比赛会。他在8月间回到了东京,拿到大学毕业证书后就又进了研究生院。翌年1月,他决定在地质调查所工作。这对于他是一个新的开端。

进所后分给他的第一个任务就是收集房总半岛上的火成岩。巨智部博士要带着这些岩石标本出席圣彼得堡的国际地质学会议。他的下一个任务是在四国——以别子铜山为中心,从爱媛县到高知县做一次为时约4个月的地质调查,但是,在预定时间里

---

① 指甲午战争。

调查没有完成，而且还有一些余钱，他就自作主张继续调查下去，又在那里呆了1个月。回到调查所，他受到了地质课长中岛博士的责备。然而，中岛并不是不同情我父亲，因而他还是把延期天数的出差费补给了我父亲。

但是，四国对我父亲来说不是一个好地方。在去高知的路上人力车翻了车，他被摔出了车外。3年以前，当他勘察那里的淡路岛时，曾遭到宪兵的拘留。他受到怀疑是因为他居然在画由良要塞附近的地形图，那是中日战争爆发的一年。

明治三十年（1897年）过去了，当时决定两年以后在巴黎召开一次国际博览会和地质学会议。我父亲提议把日本中部的地质断面图绘制出来以便在会议上提出，他的这个意见被采纳了，而且他受命为绘图收集数据。很意外的是，在他结束实地勘察之后，他得到通知说他将作为日本代表团的一个成员出席巴黎的会议。

这趟法国行多么令父亲高兴啊！他被选中的部分原因是这样一个事实：我父亲懂一点法语，而其他人谁都不懂。这样一来，他的全部工作就变成了为这次出国之行进行准备。在明治三十三年（1900年）3月3日的桃花节，代表团登上了一艘法国轮船离开了日本，横滨港云雾弥漫。在代表团10位成员中，有科学家和国际博览会事务局的人。许多亲友来为他们送行。驹橘来了，我的母亲小雪也跟着来了，她的目光追随着在甲板上走动的我的父亲。对我父亲来说,这是一个值得庆贺的事情:他那年是31岁,是代表团中最年轻的成员。

有趣的是,我父亲到巴黎后的第一件事就是购置礼帽和燕尾服。他感觉到兴奋的是,他从许多外国科学家那里受到了启发,他先是拜访了巴黎的地质调查所所长米歇尔·里贝,之后他在慕尼黑的大学见了齐特尔和格莱特两位教授。另外,他在会议中听到了许多新的地质学信息,在各地见识了土壤的形成和岩石的构造,等等。但是,他的这次旅行不完全与地质学有关。他是在回日本的轮船上对着大海朗诵拜伦的"查尔德·哈罗德的朝圣"的那种人。他认为阿尔诺河上的佛罗伦萨颇像鸭川河上的宁静的京都。他后来说:"我在伦敦看到的莎士比亚戏剧并不是很有趣,但那或许是演员的演技很平常的缘故。"

对于我父亲来说,这次欧洲之行是一次巨大的成功。出国的条件是旅费被限定为2000日元,期限不定。这就是为什么我父亲直到下一年的5月中旬才回日本。他在国外停留了15个月。而且在回国之后只休息了1个月的时间,他就又重新开始进行日本的地质调查工作了。在这段时期中,我父亲很少在家。在他外出时,我母亲就留在家中。但这在当时对一个当妻子的人来说也许是正常的。

明治三十五年(1902年),我父亲跟和田云村(他曾被称为日本钢铁工业之父)开始拟订一个中国考察队的计划。当时完全缺乏关于中国矿产资源的资料。在他们的计划正在成形时,外务省决定做他们的后援，因而他们就去拜访了外务大臣小村寿太郎侯爵。5月上旬，调查队一行6人从长崎向天津进发了。

这些往事表明，我父亲是一个比我活跃得多的人。在近几年中，我时常外出旅行，但通常都是因为我不得不如此。一个人经常因为自己所处的环境而不得不到处走动。所以，我有时飞往美国或欧洲，而且每月一次去东京或别的某个城市。但是，我的个性却力图避免这样的旅行。也许我天性懒惰，与其外出奔波，我倒更乐意坐在自己的办公室里或书斋里考虑问题。

简单地说，理论物理学是一种探索潜藏在宇宙本源中的教益的学问，它近似于哲学。另一方面，地质学是很接近于自然现象的。我们的职业选择表明了父子之间在气质上的不同。

我父亲的中国之行为时大约一年，而那时正处在国际关系紧张的局势之中，这种局势最后就导致了日俄战争。他回国时，我母亲已生下了我的大哥芳树。这是他的第三个孩子，也是第一个男孩。当时看来我父亲的生活方式会慢慢变化了。大约就在此时，他开始跟赤坂田町的围棋手岩佐铥四段学习下围棋。我父亲说："那是我学抽烟的时候。在中国时我是很尴尬的，因为我不会抽烟。"他也许从一开始就在围棋方面不会有多大前途的，但是我不能肯定。他当然买了许许多多的围棋书。他从来没有成为一个好的棋手，但是他却养成了抽烟的习惯。

我父亲的忙碌的生活还没有结束。日俄战争终于在明治三十七年（1904年）2月爆发了，而且开战以后，连战连胜。9月，烟台煤矿落到了日本人手中，因而就有必要对煤矿的地质条件进行勘察。我父亲不得不再次渡海，这次是接受军方的命令。这是他一生中的又一次重大事件。他与士兵们一起上了战场。他的职责是地质调查，但不同于和平时期的工作。他从来不谈这些经历，它们不可能是轻松的。

  他从战场上回来后不久，就受聘当了京都帝国大学的教授。在地质调查所辛勤工作了10年之后，等候他的是一种平静的教书生活。他现在生活在京都，来往于教室和家之间。那时的京都大学，特别在文学部，集中了像内藤湖南和西田几多郎那样的优秀人物。我父亲生了几次病，他把书堆在床边，愉快地阅读这些书。我还记得那时父亲脸上的表情。他常常告诉我们关于欧洲的事情，而且尤其为他自己在法国荣获的那枚勋章而自豪。我忘不了当他给我们看勋章时脸上的微笑。

第三章

我不愿说

少年时代，旧与新在我家中是共同存在的。

我的外祖父驹橘是一个在明治维新（1868年）以前终日守候在和歌山城堡的武士。他的汉语素养很深，但在明治维新以后也学习欧洲文化，习惯阅读伦敦《泰晤士报》。

我父亲是一个现代科学家，曾到过中国和欧洲。同时，他从小学习汉语，因而终生对中国文学感到亲切。他喜欢古老的事物：古书、古陶器和石佛。他对考古学深感兴趣。他时常外出，但是，在晚饭桌上，当他坐在家人中间的时候，他会愉快地跟我们交谈。我父亲有一次看着孩子们说："等你们长大时应当去欧洲。"我回想不起我的弟兄们是怎样回答的，至于我本人，向来没有出国的愿望。

我从来感觉不到对外国的思慕之情，但是我也从来没有公开地说出我的情感。我在父亲面前不能说话，因为我怕他。直到今天，我仍然力图避免出国旅行，除非绝对必要。我很懒散，我常常认为人际关系是麻烦的，甚至在日本人中间也如此。与外国人打交道简直太伤脑筋。想到通过各国海关时的不愉快情景，出国旅行也就成了自寻烦恼。

我的外祖父几乎每天要在京都市内散步。他常常到锦市场购买腌鱼贝、海参肠之类他爱吃的食品，有时我也跟着去。在闹市区的新京极商店街上，张着一幅幅天篷布遮蔽太阳，这布制天篷是现代有拱顶的商业走廊的前身。在一家有小喷泉的玩具店前面，有发条的玩具鼓手不断地敲打着小鼓。叫做帝国馆的电影院上映的是尾上松之助主演的《菅原道真》和《忠臣藏》等古装片，因而颇受孩子们的欢迎。

我自己所喜欢的消遣是做盆景。我拿一个长方形的扁平盆子，在里面放入砂子和苔藓。然后我就安排桥、农舍和殿堂，一直到小世界完工为止。我很欣赏这玩意。

有一天——当时我也许是5岁或6岁——我父亲要求我外祖父让我开始诵读中国经书。从那天起我就舍弃了我的梦中世界，而步入了保留在用难于辨认的汉字写成的书页中的二千几百年前的世界。

我们常常谈到"九经"（四书五经），第一部分是四书，是从《大学》开始的。我最早读的一本书就是《大学》。

《论语》和《孟子》也是启蒙读物，但所有这些书都像没有门的墙壁一样。每一个汉字都包含着它自己的一个神秘世界，许多汉字组成一行，几行又构成一页。然后，那一页对于作为一个孩子的我来说就成了一堵可怕的墙壁。它就像一座非爬不可的大山。"芝麻开门！"也无济于事。我每天晚上不得不面对着这堵墙壁过30分钟或1小时。

外祖父坐在桌子对面,用他的"教鞭"指点着书页。他一边点着书上的字一边读,我也跟着他读:"子曰……"这是一种完全的照本宣科。我很怕它,甚而也怕外祖父手中的教鞭。情况就像在黑暗中爬行一样——我双手接触到的东西都是陌生的。我感到紧张,而紧张又带来了疲劳。突然我感到睡意,从而进入一种不可思议的恍惚状态。于是,外祖父的教鞭就刺耳地抽打着书页上的某一个字,我连忙强打起精神再读下去。这是一种痛苦的经历,我真想逃之夭夭。

寒夜脚指头冻得发麻,暑夕汗流浃背,使我感到浑身不舒坦。但是有时我的想象力脱离开了眼前的书本而游心物外,我只是机械地跟随着外祖父的声音念念罢了。有一天夜晚,我端坐在外祖父跟前,听到雨水滴叩屋檐的声音,突然想起小蜘蛛来了。后院小神殿周围长着许多大树,在根部有着"武士蜘蛛"的巢。这些巢像细长的管道般一直通入地下。如果你小心地将这细巧的巢拔出,你就会看到吊挂在底部的小蜘蛛。这些蜘蛛之所以被叫做"武士",是因为有时它们被人逮住时会切腹自杀。

为什么我在读《大学》时会想到这些蜘蛛呢?当有人拔出蜘蛛巢的时候,它们就失去了藏身之地。也许我认为我就像这些蜘蛛,或者也许我很想从死的汉字世界逃到活的蜘蛛世界中去吧。

雨声继续响着——我不知道蜘蛛们怎样了,但诵读还没有结束。外祖父手中的教鞭准确地点着一个又一个的汉字。我偷看着外祖父拿着教鞭的手，那是苍老而干枯的手。他的胡须又长又白，似乎还闪光。这也许是我第一次想到老年。外祖父端坐着，他是慈祥的，但对每日功课决不马虎。所以，一直到规定时间为止——不，一直到读完每日预定读完的课文才结束——脸上表情丝毫不变，一字一字准确地读着。

我不认为这些诵读是浪费时间。战后日本实施的当用汉字①，对于减轻儿童的大脑负担是有效的和必要的，把记忆汉字的劳力用在别处是有用的。但是在我的场合，我读中国经书虽不求甚解，但收获颇大。因为通过读这些书我已对汉字习惯了，我在开始读不同的材料时就不会感到有任何困难了。

我记不起我在读经书前还读过什么书了。那想必是图画书和小人书，但我对它们的印象一点也不清楚了。惟一的例外是《儿童之友》这一本儿童杂志。喜爱《妇人之友》的母亲给她的孩子们也买了由同一位编辑羽仁元子编的杂志。几本儿童杂志经常放在母亲的桌子上，孩子们轮流阅读。现在回想起来，这杂志有很大的说教成分，但是它不同于当时的道德气氛，因为它力图既给出家庭中的生活准则，也给出社会中的生活准则。编者想必是煞费苦心的。在故事中男孩子总是叫上太郎、中太郎和小太郎；女孩子的名字则是甲子、乙子和丙子。这些人名足以使我敬而远

---

① 规定限用的汉字。

之。但现在回想起来，让3个男孩和3个女孩轮番登场，将日常生活中的行为规范用不失趣味性的故事教给孩子们，是不同凡响的。

有时我问母亲关于这些故事的内容：它们意味着什么？母亲总是停下她手中的活。这是一种很感人的大人对小孩的态度。她从不说等以后再告诉我的话，而是面对面地望着我，立即做出一个确切的答复。那时她的双眼显得是那样的美！我们兄弟都受到了这些故事的很大影响，正是母亲在我们中间培植了对这些故事的欣赏能力。

我的母亲打算把她所有的儿子都培养成为学者——我甚至在童年时代就意识到这一点了。假如没有母亲的苦心，我们家中也许就不会有这么多的成员跨进学术领域了。

甚至在还是一个小孩的时候，我就喜欢孤独。我对父亲有很大的反感，同时也怕他。这些情绪关闭了我的心，但是我的想像力却在我的封闭的世界中自由翱翔。家里的藏书渐渐开始吸引我，并增长了我的想像力。由于我父亲兴趣广泛，因此藏书面很广。他又与红叶亲近，一度是《我乐多文库》的同好，故而藏有不少文学书。

我最爱读的书是十卷本的《太阁记》[①]。我用心地读了这些

[①] 太阁系指15世纪日本的帝国大臣（即事实上的统治者）丰臣秀吉。

旧式装订的、有着美丽插图的书。由于外祖父的教育，我能够读这些书了。我相信在读完这十卷书时我已上小学了；读这些书花去了相当多的时间。在这些书的影响下，少年时代的我喜欢上了丰臣秀吉这个人物，被他的性格所吸引，他具有一个开拓者的气度。

我是很羞怯的，而且许多人都记得我曾经是一个安静的和腼腆的孩子。我能记得我从来不多说多道；对于所有麻烦的事情，我都以"我不愿说"这一句话来搪塞。我不喜欢解释，因而当有人问起我为什么做某事时我就会默默无言。有时候沉默本身就是一种反抗我父亲的行动。所以我根本不胆怯，"我不愿说"也许掩饰了我的屈从。我甚至开始觉得对儒家有反感情绪了。我想保持沉默的企图给我带来了一个绰号"不愿说"。

当时——明治末年和大正初年①——日本流行着托尔斯泰主义。白桦派突然兴起了，托尔斯泰的著作接二连三地被译成了日文。新潮社出版了一本叫做《托尔斯泰研究》的月刊。一个外国作家成了一本月刊的主题，这样的例子还有第二个吗？当时对这位俄国文豪的敬仰程度是今天所不能够想像的。"新村"② 建立了。松井须磨子饰演的卡秋莎风靡一时，而且卡秋莎的歌也是当时每个少女所爱唱的歌。也许（我认为是这样的），"不愿说"这

---

① 1912年左右。
② 日本白桦派代表作家武者小路实笃受托尔斯泰影响，于1918年在日本宫崎县儿汤郡木城町建设了"新村"，以实践自己的人道主义和理想主义。

一绰号起源于"傻子伊凡"。假若果真如此,那么这就是一个虽幽默但不名誉的绰号了。

我对母亲最为佩服的是:她努力做到对我们这样一个大家庭中的所有孩子都一视同仁。我的弟弟身体虚弱从而受到了细心照顾。他常因患流感和中耳炎而发高烧。他生病时,就要为他准备特别饭菜。我很眼红弟弟所享受的特别待遇,也想尝尝他坐在床上吃着的鸡蛋。有一天我也患了感冒,母亲也为我煮了鸡蛋,但吃起来蛋的味道并不特别的好,因为我那时没有食欲了。

大约从我上高中时起,母亲开始跟我商量事情了,也许是因为我的二哥不大听母亲的话了。她说话根本不多,而我却常常发现她正在沉思。我以为,对于一个妇女来说,她的思考力是格外丰富的。她从不对孩子们大惊小怪,虽然我们的家教基本上是严格的。我们对母亲说话时从来不激动,而母亲也从来不说明她的要求。

我穿的衣服大多是我哥哥穿旧的,这种情况在一个多子女的家庭是无法避免的。但是,我相信母亲力图在食物之类的方面做到对孩了们一视同仁。我想在这里写写有关点心的一段回忆。孩子们每天在3点钟吃点心。在寺町和二条的拐角处有一家名叫"镒屋"的糖果店。当时,这店在商品和店铺建筑上都算是时髦的。店里几乎每天派人来取订单。推销员穿着有条纹的衣服,围着有条纹的围裙,而且带来了装着各种点心样品的木盒。母亲要了点心,推销员就记在一本笔记簿上,用布将盒包上,临走时还说:"多蒙光顾。"孩子们激动得很,一心盼望着吃点心,虽然我们很少能吃到价钱贵的点心。盐豆、甜豆和饼果子①——这些都不是讲究吃的人所要找的那些点心。我们吃着等量的这类普通点心,而且很想再吃。

每逢在梨木神社赶庙会的日子,就有绵果子②和别的许多好看的食品出售。我总想买它们,但我知道是不允许的。从铜制容器的中央飞出的白线状的绵果子总是能勾引起我的怀旧之情。

写到这里,我注意到了这样一件事,那就是一个人的生活态度是随着年龄和环境而多次地变化的。我曾经率直地写过有关父母的往事,但是我对父母的童年回忆却和我大姐香代子的回忆相差颇大。我父亲好像曾经帮助过姐姐做家庭作业,例如,他在百科全书中查找过有关哈里特·斯托夫人的资料。当姐姐要填写家谱表格时,父亲和外祖父则忙着帮她的忙。从金唐革③箱子中取出关于家谱的旧记录进行仔细的查对。大姐必须写成一篇长长的报告,因此她有好几个晚上都感到很困乏。他们带她去参观许多展览会,并对她说了他们对展品的批评意见;这些批评对于一个孩子来说是很难理解的。按照姐姐的说法,

---

① 系指一种用年糕或糯米粉为主要原料做成的点心。
② 可能是指在中国民间也有过的一种小孩爱吃的"棉花糖"。
③ 17世纪经日荷贸易传入日本的一种欧洲牛皮,在印压出的立体花纹上绘有金漆。因进口价格过于高昂,后来日本的手工艺人摸索出了类似工艺。

"我们搬到京都来的理由之一是因为父亲想在家中花更多的时间来教育子女"。

同时,母亲也有我所不了解的一面。她的少女时代是在鹿鸣馆时代①中度过的,而且她受到外祖父驹橘的新式教育。当时,欧化思想以惊人的速度遍及日本。要求妇女解放的呼声开始时有所闻,妇女们的西式服装也开始流行起来了。从当时所摄的几帧照片来看,母亲曾经是一位长着一双美丽眼睛的漂亮少女。她身上穿的是洋装;她也许是一个活泼的姑娘,她享受如此自由的权利是得到了外祖父的许可的。

我听说母亲当时喜欢荡秋千。也许在荡向空中、裙摆飞扬时,她享受到了摆脱那种使日本妇女成为囚犯的传统价值观束缚的轻松感。在旧时代,这可能被看做是一种革命的姿态。一个身穿洋装、荡着秋千的少女,在那时的人们看来是多么的美和自由啊!但是她出了一次事故:在她还年轻的时候,有一次她失手从秋千上摔了下来,头部受了伤。她伏在地上,有几分钟不能动弹。这次事故看来使她受惊了,后来当她受头痛病折磨时,她就会想起荡秋千摔跤的事。

昭和十八年(1943年),母亲住在京都一家能看见东山的医院里,临终时留下遗言,要我在她死后将她的大脑送医院解剖。就在那时她跟我谈了荡秋千的事故。虽然她是一个学者的妻子,

---

① 明治中期(1880年代)以欧式建筑鹿鸣馆为象征的一段欧化主义时期。

而且还有已成为学者的孩子，我还是被她的这种面对死亡仍保持着镇定头脑的表现所感动了。解剖是由脑科专家、大哥的好友小川鼎三博士进行的。据报告说，没有任何受伤迹象，而且她的脑比常人的重得多。

母亲在父亲入赘于小川家之后就不再去东洋英和女子学校上学了。当时从女校退学对于姑娘们来说并不是少见的。退学后，母亲就学习了通常的妇女必修科目：琴、歌、花道和茶道。她还听了关于《源氏物语》的讲课。据我姐姐说，当时老师提出《源氏物语》就像酱汤一样地不可缺少。姐姐认为这位老师也许是说，《源氏物语》具有一种特殊的滋味，一个人即使每天早晨读一小部分，也会百读不厌。

母亲甚至在婚后住在东京时也还是很活跃的。父亲经常旅行在外，当时孩子还不多，外祖父能照看得过来。母亲每周去麻布永坂町的本山府听讲烹调课。这些课受到孩子们的衷心支持，他们热切地等待着母亲带回家来的、装着美味可口的菜肴的盆子。母亲有时还带领姐姐去参加爱国妇女会的活动。

当时母亲积极参加了对孩子们的教育，这证明她是一个年轻的和头脑聪明的母亲。她在学校读过的英文教科书有《神田读本》《国家读本》等。她保存了这些书，后来用它们来教香代子学英语。香代子当时是麻布小学的高小学生，该校已将英语列为正课。

我听说母亲有时拿出明治三十年代①的文学杂志来给姐姐看。姐姐说："我对文学的兴趣看来大部分是受了母亲的影响。"母亲的杂志按今天的标准来看是薄的,但却容纳了内容丰富的文学作品。姐姐通过阅读这些杂志而熟悉了像山田美妙斋②那样的名字。我原先总认为自己对文学的兴趣是通过阅读家中的许多藏书而发展起来的,但是听了姐姐这番话后,我觉得说不定自己在这方面大部分是受母亲的影响也未可知。

为什么母亲的举止在我们移居京都后完全改变了呢?她虽然并非不喜欢外出,但是,除了去观看孩子们的学校演出或运动会之外却很少出家门。部分原因想必是孩子多和家务忙,但恐怕与京都这个城市的特点也有一定的关系。主妇不出门是京都的一种习惯,这种风气也许至今仍在京都流行着。甚至在今天,即使某对夫妇双方都受到邀请,妻子这一方也往往谢绝。看来母亲的变化是发生在我们移居京都之后,而我恰恰是在变化了的母亲的影响下成长起来的。

---

① 1897—1906 年。
② 山田美妙(1868—1910),日本明治时期的文学家,又称美妙斋。砚友社的创立人之一。

第四章

染　殿　街

明治①——这一名称使我想起放在酒精灯上的烧瓶中的水逐步加热以至沸腾的过程。我是在明治时代末期度过自己的幼年时代的，但我记不得日本人民是怎样悲叹明治时代的结束的，我当时还不过是一个5岁多的孩子。我的两位哥哥也许知道有关明治天皇的许多故事。我只记得一件事情，那就是母亲当时给我的一本书。那是一种折页图画，上面画着由身穿礼服的人们所组成的长长的送葬队伍。我每天看它，但不解其意，我不知道明治时代业已结束而大正②时代已经开始。

大正二年（1913年）4月，我开始上小学。虽然我们家那时地处另一个学区，应该去春日小学，但我仍到我哥哥们就读过的京极小学上学。为将来升学考虑而跨学区入学，这在过去就已经有了，我们兄弟都有这样的经历。现在应该不存在这样的歧视了，但当时似乎普遍认为京极小学比春日小学好，学生的升学率也高。因此，许多教授都把子弟送往京极小学。

现在大概没有这样的事了，当时京极的学生在街上遇到春日

---

① 日本年号，1868—1912年。
② 明治之后的年号，1912—1926年。

的学生往往辱骂对方说:"啊,'卡斯'学校,'卡斯'学校。"——"卡斯"意即垃圾①。但是,我从未听说因为这些辱骂而引起任何暴力冲突,这可能是因为春日小学事实上也拥有较好的学生。另一方面,京极小学的学生称自己的学校为"下雨学校"。每当天气转晴,教师决定举行一次郊游时,到那天多半是雨天。"下雨学校"的别名大约是这么来的。我自己也有一次在雨中郊游的经历。

京极小学位于寺町今出川南面的染殿街。严格地说来,它在染殿街的范围之外,但是在我毕业后写成的校歌中却说到了染殿,把那一带都叫作染殿街,想来也不是完全没道理的。学校离我们移居河原街以前住的房子并不远。校舍现在是钢筋水泥的,但当时是木房。在京都,年代最久的一所小学是柳马场御池北面的柳池小学,创办于明治二年(1869年)5月;64所其他小学也创办于那一年,当时适逢教育大发展的时期。京极小学也是其中的一个学校,当时叫做上京第28和29组协立小学。当它迁移到染殿街时改了校名,叫做梨树小学。而在明治十六年(1883年)改建以后,正门从北朝东迁移到京极路上,就成为了京极小学。确实是所历史悠久的学校。

京都到处都是史迹和古迹,而皇宫以西的地区平安时代②的

---

① 在日语中,春日小学的校名读作"卡斯嘎"(kasuge),与"滓"(kasu,意即垃圾)字的读音相仿。

② 794—1192年,平安是藤原家族统治时代的京都名称。

遗迹特别多。附近就有京极土御门的遗址，听说是藤原道长①的公馆。那里还有一处被认为是紫式部夫人②曾经居住过的地方。藤原良房③公馆的遗址是染殿院，染殿街便得名于此。

学校是我这个生物跟家庭之外的更大和更复杂的世界的最初接触，而且我不能说我的开端是良好的。也许我从母亲那儿继承了一种沉默的性格。我的忧虑比其他的孩子更多，但我并不担心潜伏在外部世界中的真正危险，我是一个透着一扇半开的小窗偷看外界的温顺羔羊。有时我认为我的心理年龄必定低于我的生理年龄。然而，我曾经跟同班的一个女生斋部爱子被挑选去接受京都大学岩井胜次郎副教授的心理测验。我记得测验后是走过黄昏时寂寞的京大校园回家的。我觉得自己像一只豚鼠接受了一次奇特的实验；后来我听说我的智力商数很高。

大哥芳树读六年级，二哥茂树读三年级，我常由大哥陪伴着去上学。我们从河原街的家出发，左转弯走向清和院宫门，然后朝北沿着电车路线走向寺町路——一段可能需要走10分钟的路程。一条有轨电车轨道铺设在本来已经很窄的寺町路的西侧，电车通过时几乎要碰到临街的房子的墙壁了。学生们总是走在路的东侧上下学，教师轮班站在校门前指挥交通保护着到校的孩子

---

① 藤原道长（966—1028），平安时代中期的公卿、权臣，摄政、关白、太政大臣藤原兼家的第五子。文学爱好者藤原道长对紫式部很是照顾。
② 紫式部（973—1014），平安时代中期的作家、歌人、女官。《源氏物语》的作者。
③ 藤原良房（804—872），平安时代前期的公卿。是皇族之外的第一个就任摄政一职的臣子。世称染殿、白河殿。

们。但是现在回想起来，这电车不是那种有可能伤人的车子。它车身小，尤其是开得慢。售票员能够从运行着的电车上跳下来去赶走电车轨道上的人们，然后再跳回到电车上去。这种情况是与当时京都市长坐的马车相同的。当行人挡道时，车夫就从漆黑的马车上跳下来，走在马车前驱散行人。当道路畅通了，他又轻松地跳回到马车上。那动作像小鸟般敏捷，很是潇洒。那个年代就是这样的。

甚至学校的大门也给一个新学生以一种威严感。它是一扇山墙门，是在五六年前仿照桃山城堡的一扇门设计和建造的。它甚至能够使一个神经过敏的6岁少年产生某种恐怖感。听说后来这扇校门转卖给下京的一家工厂了，而且至今还竖立在东寺附近的京阪国道旁。

我所在的班级是一年级"伊"班；新生总计约有80人，分为"伊"班和"劳"班两个班。① 一、二年级都是男女合班的。主楼靠近校门，后面是运动场。左面有花坛，花坛后面是理科、裁缝和音乐等教室，还有白色的墙壁和抹了泥灰的器材仓库。右面是一个仿照本州岛的形状建造的池塘，池塘后面是一棵樱树。每天早晨举行一次朝会，校长站在樱树下讲话。我们的校歌还没有写好，所以我们唱《金刚石》以代替校歌：

---

① "伊"（イ）和"劳"（ロ）系日文片假名之音译，此处相当于中文的"甲"班、"乙"班。

玉不琢，

不成器；

人不学，

不知"道"。

……

  这是一首可爱的明治时代的歌——不，我也许在这里扯得太远了。我对明治时代没有任何怀念之情；因为我出生于明治四十年（1907年），已是明治末期了。

  在校园西面的梨木路对面是皇宫，我记得宫中的树木似乎比现在更绿更美。我的教室在教学楼北翼的中间，透过窗子就可看到樱树。当时男生和女生坐的课桌是交错排列的，坐我旁边课桌的是成川干子。因为坐在一起，在认识别的同学之前我们很快就聊开了。她扎着辫子，个儿小小的，鹅蛋脸，是个可爱的孩子。除了亲戚的小孩之外，她是我所亲近的第一个少女。

  我记得当时学生的服装大体是这样的：女生穿碎白点花纹布的衣服并系兵儿带①，大多穿围裙，也有几人穿打宽褶的裤裙。在特殊场合或参加仪式，几乎所有女生才会都穿围裙。我想少数富家的姑娘在冬天是披大衣的。在我的记忆中，至今还能看到她

---

① 一种成年男性和儿童使用的日式宽腰带。

们衣服上紫色的装饰丝带。大多数的女生都梳发辫，有的还结上丝带。大多数的男生穿碎蓝点花纹布的衣服和皮底的竹皮屐①。有一度曾流行在鞋底上打金属钉，但是由于走起路来会发出响声，学校禁止穿。

我穿裤裙，大多数的男生都不穿。我把竹皮屐装在袋里拿着，因为在上学和放学的路上，我是穿木屐走路的。有时候我把竹皮屐和午餐饭盒塞在同一个袋里——不很卫生！有一个男生很引人注目，他每天早晨坐私人的人力车来上学，身穿孩子们很少穿的西服。这个男生是一位子爵的儿子，名叫樋口清康。

我们的班主任老师名叫川村。我们的日语读本中有老式的图画，在所画的物体上面用片假名写着它们的名称：旗、风筝、陀螺、鸽子和豆等等。那是相当枯燥的。

对于一个每晚诵读四书五经的孩子来说，一年级的日语阅读是简单的。当我听着老师读课文时，我却清楚地意识到了窗外树上樱花的鲜明颜色，然后突然听到老师叫我名字："小川！"我被提问了，站立起来。尽管我听到了所提的问题，但是不知怎么搞的我就是答不上来。从这第一次偶发事件之后我经常遇到这种问题。也许在我很小的时候，父亲的火爆脾气播下了恐怖的种子，我听到大声吆喝就觉得自己答错了问题似的。也许我从母亲身上

---

① 日语写作"雪驮"，外形像低跟的人字拖。

继承过来的沉默性格导致我陷入了这种困境。总之，为了克服说不出话的障碍，我花费了许多年的时间，而且这种倾向至今在我身上还有。回到当时我知道班上每个人的眼睛都在盯着我看，而且当我看着老师时我就脸红了，我紧张地摆弄着裤裙上的折褶。坐在我邻桌的成川干子悄声儿地说："你知道答案。"但是我却愈加脸红。

课后休息时，在教室外，干子正在收集着老樱花树下的散落花瓣。她把花瓣堆在一起，用松针刺穿它们。她看到我向她走来时，她就把这些花瓣给了我："你想要它们吗？"我默默无言地接过她手中的花瓣，而当她问起"你住在哪里"时，我支支吾吾地说"寺町今出川"。接着又沉默了，然后她说："我的哥哥和你的哥哥是在同一个学校上学。"我的眼睛却被吸引到她的耳垂上了，它们酷似她给我的樱花瓣。

有一天，老师要干子解一道算术题。她站起来，却一下子答不上来。我连忙将答数写在一页练习簿纸的边上并沿着桌子将纸推向她。她脸红了一下，瞥见了答数，回答了老师，就坐在位置上。当她的脸转向我时，她的眼睛里闪着光，而我在这一对亮晶晶的双目中能够体会到一种温柔的感觉。

我们的课桌靠近得足以产生这类互动。课桌是一对一对地排列的，每对是一个男生和一个女生并排而坐。课桌既旧又脏，桌面可以向上抬起，以便把书和笔记本放在桌内。右角上有一个小抽屉可放毛笔和砚台。我的课桌总是特别整洁。甚至在家里，我就是这样一个孩子：如果桌子放得不与榻榻米席垫上的纹线平行，我就不能安下心来伏在桌子上工作。我不得不做了多年的努力来克服这种对琐碎小事的过度关注所引发的精神上的忧虑。

我们一年级的老师川村先生当时还是一个年轻人。他穿一件黑色外衣和一个很高的白衣领。这或许就是当时所谓的"高衣领"①。在举行仪式的日子里，男教师穿着礼服大衣。许多绅士在这个时代喜欢留尖角胡须。一个穿着礼服大衣并留着尖角胡须的教师具有某种威严性，在孩子面前显得不可亲近。女教师穿有长袖和服和有许多折褶的裤裙。大多梳着一种前发、鬓发蓬起的发型。这种服装使得女教师们看起来比她们的实际年龄要大些。而今天的穿着现代服装的女教师们则要显得年轻得多。

从上小学一直到上高中，我始终比同班同学要矮些。我的皮肤是黝黑的，脸和身体都是胖乎乎的，外表显得稚气而天真。当时学校对小学生们进行了所谓的"心理观察"。后来，我获知我的一年级老师写的关于我的记录是："有强烈的自我意识，而且内心刚毅。"他透过那张单纯的脸看到了过敏的神经和好强的精神。老师的洞察力还真不一般。

我在习惯学校生活方面进展很慢，而且交的朋友很少。我对邀请在学校里一起玩的同学来家中感到犹豫。困难在于我说不出

---

① 此即英文"high collar"，日文用假名音译作"ハイカラ"，表示"时新""维新"和"洋气十足"等。

口。我无法让自己说:"你们为什么不来我家?"我在社交上施展不开(而且从来没有真正地施展过),部分的原因是在于一种天生的性格,还有的原因就是我早在上小学时就曾有过二三次的失望经验。

一上小学,我和一个叫远藤的男生成了好朋友。我记得我们曾一起在雨中的操场奔走。他的父亲是一名警察,不久被调到了一个新的岗位上去了,因而远藤不得不转学。这是我感受到的第一次失望。我的第二个好朋友名叫中村让。他为人文静而且很聪明;他家住在寺町路上的本禅寺内,我常去那里跟他玩(这就是前面提及的那座有"笑阎魔"的寺院)。但是,在一年级即将结束时,他的家也搬走了。

在读二年级时,一个名叫内江久子的女生转到我班上来了。她绝顶聪明,长得特别美。别的女生抱怨说班主任诹访老师偏爱这个女生,但是在我看来她值得受到这样的偏爱,因为她人聪明。但是,在二年级结束时她也搬家了。我之所以对交朋友会失去兴趣,也许就是因为在小学一、二年级时发生了这一连串事件的缘故。

我是如此呆板,以致在家中坚持桌子一定要放得与榻榻米席垫上的纹线平行。不过,我并不在那张桌子上学习,没有家庭作业,也不进行预习或复习。我在家里不是读我喜欢读的书,就是出去玩。

我上学后,弟弟环树和滋树一定是寂寞的,因为我回家时他们总是等在门外候我。但是,他们对我来说并不是非常理想的玩耍朋友。他们既不会接投棒球,也不会掷铅球。他们是很安静的孩子,环树尤其是一个"书呆子",经常可以看到他在翻书,甚至在他识字以前就如此了。

环树上小学后常会发生这样的情况:父亲可能会不指名地说上一句"把某某书给我拿来",总是环树起身给他拿书。他不仅仅是对父亲特别顺从。他不仅顺从,而且更进一步他还知道每一本书在家里的什么地方,不管他对书的内容是否理解。他的记性很好,记住了家里每一本书的书名,因而只需要告诉他书名就行了——不需要父亲说出哪个房间或哪个书架。

然而,就对书的兴趣而言,我一点也不亚于弟弟。我读完《太阁记》之后,开始读安徒生的《童话》和《格林童话》等外国童话的翻译本,以及岩谷小波的儿童故事。我爱读《少年世界》和《日本少年》一类的杂志,有本芳水、松山思水等作家的名字,我至今还记得。而且我也爱读铃木三重吉的书。在我读小学时,《赤鸟》杂志发行了,我就成了它的热心读者。

比起著名的《忘记唱歌的金丝雀》来,我更喜欢唱《来来往往》这一首现在已经忘却的歌,有时候我会不假思索地独自哼起这个调子:

来来往往,昨日和明日,

白云飘在山顶上……

　　这首歌比《金丝雀》更伤感，从而至今在我身上还保留着很多的伤感性。我非常喜欢黑岩泪香的著作，而且我有一本他译的《悲惨世界》的很美的袖珍版。这个故事以当时我从未体验过的一种奇特的新方式感动了我。

　　虽然在父亲的藏书中少有日本的现代小说，但是我读了红叶和漱石的作品。我通读了有朋堂文库出版的古典作品集。我几乎每天读，几乎在每个地方都读——书房的桌边、面向后院的外廊，所以我实际上记住了《里见八伏传》《三国志》和《水浒传》中的大量的小说人物的姓名。我似乎能够理解《伊势物语》和《平家物语》，但直到我上了中学，我才开始学会欣赏近松①、西鹤②和净琉璃等作品。但《源氏物语》的话即使翻开读了也觉得很难懂。

　　我还读了些外国小说，都是抓到什么读什么，有屠格涅夫和托尔斯泰的小说，以及法国和德国的小说（译本）。但是，最使我感兴趣的一位外国作家是陀思妥耶夫斯基，至今都很喜欢。在日本文学家中，我最感兴趣的是近松。在这两位作家之间有

---

① 指近松门左卫门（1652—1724）的作品。近松是江户时代净琉璃（木偶戏）和歌舞伎等戏剧剧本作家。
② 指井原西鹤（1642—1693）的作品。西鹤是江户时代的浮世草子（描写市井生活的日本近世文学体裁）和净琉璃剧本作家。

旅人

没有什么相通之处呢？总之，我当时是一个对文学有浓厚兴趣的少年，这个少年还没有表现出将会成为一个物理学家的任何迹象。

通过广泛的阅读，我变得更加内向了，但是我并没有完全闭眼不看外界。我家的前面是久迩宫，皇宫左侧是府立医院。我们家隔壁的房子是第三高级中学的前任校长折田彦市的家。西面是我们房东丰冈先生的房子。再西面住着在博物馆工作的小山先生，他是石井柏亭①的弟弟。再过去是前商工大臣片冈直温先生。接着就是高仓子爵，他家有一个美丽的女儿，曾被选作天皇登基大典的舞蹈者之一。

附近地区在当时是一个幽静的住宅区，一家一户都单独生活，互相不往来。从教育孩子的观点来看，这不失为是一个良好的环境。但是，我当时还是小学低年级学生，因而我对离开这里更远一点的儿童世界感兴趣。在出町街上有一座佛教寺院，在14日和22日举行每月两次庙会。我至今还记得那时小商品摊上用来照明的电石灯的气味。在离我们家南面两条街处还有一座荒神神社②，也举行庙会，设有许多小商品摊。

不仅有出售小玩意儿和其他商品的小摊，而且还有吸引孩子们的西洋镜。花上二钱就可以通过一个小窗口观看了。讲的是什么样的故事已然忘了，就记得在小窗里看到了色彩绚烂的画。现

---

① 石井柏亭（1882—1958），日本版画家、西洋画家、美术评论家。
② 相当于中国的灶神庙。

在想来，就和拉洋片差不多，但我认为西洋镜更有趣味，或许是有年代感的缘故。解说者一边用一根小棍打着节拍，一边拿腔拿调地讲着故事。讲的是《浦里时次郎》《八百屋的阿七》等新作，还有《须磨的仇浪》《不如归》《金色夜叉》之类。我年龄太小不理解故事的内容，也不怎么感兴趣，但是我却喜欢西洋镜的气氛。

在西洋镜旁边，街头卖唱者唱着流行歌曲。有金鱼店，还有出售酸浆果、小人糖和剪影画的店；夏季则有现烤玉米。记忆中能留下的，总是和自己关系大的东西。想必也有出售日用品和便宜服装的货摊，但是我所记得的都是一个孩子可能感兴趣的东西。

也许就在我赶了庙会后回家的时候，在一个春天的傍晚，我看到孩子们正在一个胡同里玩陀螺。京都的孩子管这个叫"巴"①。陀螺是铁制的，直径约有 2 厘米；在一个木箱或大桶的盖子上放一张席子，让陀螺在上面旋转。有时陀螺碰撞，迸发出火花；而有时一个陀螺被另一个从席子上碰掉。孩子们兴奋得发狂；他们互相说着尖刻的和激烈的言词，甚至连什么时候太阳已经下山也没有注意到。只有当一个陀螺失落在草地上并因天黑而无法寻找时，他们才认识到夜晚正在来临。

---

① 据说这种陀螺平安时代起源于京都周边地区，是用巴贝的壳加上砂石或黏土制成的。在流行的过程中叫法逐渐发生变化，但京都人仍用"巴贝"的"巴"称呼它。

旅人

在京极小学禁止玩陀螺,所以我不玩这游戏。但是每当见到别人玩时,我就会不知不觉地停下来观看。

还有另外一种儿童游戏叫做"拍洋画"。"洋画"是一种在一面绘有一个名演员或军人英雄脸谱的圆纸板。把一张洋画放在地上,用另一张来使劲拍它。如果你把对手的那张拍得翻转身来,那么你就赢了。洋画很快就变得破损和肮脏起来——乃木大将的胡须被刮掉了,而东乡元帅的额头上却有了一个洞。同样的游戏也可以用"金面"来玩——这是一种做成飞机或飞艇形状的小铅片。用一张金面对准放在地上的另一张金面扔去,目的是使下面一张翻转身来。然而,拍洋画和投金面这两种游戏都不准我玩。

当我看到一个男孩在兵儿带中卷缠着数十张金面时,我内心就会充满妒忌——我妒忌的是他的自由。玩这种游戏的男孩们一般是"小市民家的孩子",其中大多是商人的孩子。然而,我一点也搞不懂为什么小市民家的孩子有自由,而我却没有。惟一引导我去接近市民生活的人是我的外祖父小川驹橘。尽管我在夜间诵读儒家经籍时从他那儿承受的是痛苦,但是当他说"秀树,让我们出去走走"时我却喜形于色。我就会问:"外公,去哪儿?"而他也会回答说:"去新京极怎么样?"

当时,新京极是京都惟一的热闹场所,有点像东京的繁华街浅草,观音寺就坐落在那儿。那儿是老百姓逛的地方。街道过去是狭窄的，而且现在依然如故。街上商店林立，还有几家剧场，但饭食店在当时并没有像今天这么多。在我印象中东京的浅草六区也是这样。这是一个笼罩着繁忙商业区气氛的轻松而友好的地方。当我拉着高个子白胡须的外祖父的袖子走在街上时，我惊奇得看呆了。街上有家庭主妇们和看上去像观光者的老人们。梳着日本发式的妇女在逛商店。这条街洋溢着温煦的生活气息。店员的叫卖声既响亮又迫切。我看见红红绿绿的旗子在飞舞着，可能是在商店前或是在剧场的木门上。为商店作广告的吹奏乐团的声音总是不绝于耳。

孩子尽管不能买玩的和吃的东西，但是心是激动的。这个男孩受到强烈压抑的心胸毕竟是豁然开朗了。在那种与自己家庭和学校迥然不同的气氛中，我的想像力得到了发展。那里甚至还有一家小小的书店——也许它实在是一家玩具店或糖果店。它出售大约像今日平装本那样大小的图书，纸张质量虽然不好，但是封面色彩鲜明，颇引人注目。这些书是一套丛书，叫做立川文库，现在的中年人和年纪更大的人肯定记得。其中有《真田十勇士》和《猿飞佐助》等数十种，它们是纯娱乐性的读物。这类读物在我家附近的庙会上也有出售，我虽然很少买它们，但我却从朋友那里借来读过。

一方面读像有朋堂文库那样的古典著作和外国小说，另一方面又读像立川文库那样的娱乐性书籍——虽然这确实是一种混乱的选择，但是这也许正是适合于一个孩子的。因为他的兴趣是不受限制的,他对一切东西都很敏感。他想占有周围的一切,吸收他所能吸收的一切。混乱的材料逐步得到整理并且构成了他的生活方向。难道一个人的个性不就是这样形成的吗?如同我在前面所写的那样,在我少年时代几乎没有什么迹象表明我将会成为一个物理学家。我选择研究理论物理学的动机(虽然这是很早以前的事了)受到了一些偶然事件的很大影响。

但是我又把话说远了,对于我来说,新京极就是强烈吸引我的活生生的拍洋画精神。但是在我上中学之后,父母就不准我去新京极了。

在京极小学,按惯例从三年级开始将男女生分开编班。我的新老师是一位名叫盐尻信的男子。他30岁左右,个子高高的,是一个严厉的老师。他的绰号叫做"纳姆巴",是关西话所谓"玉米"的意思。那是他留有一撮红色小胡子的缘故,顽皮的孩子便起了这个绰号。但是我从不叫老师的绰号。一直到我六年级毕业,他始终是我的老师,而且看来我也很得他的信任。

有几件难忘的事。

在我班上有一个名叫黑本平三郎的男生,他的父亲在河原街今出川的北面开了一家点心铺,店名是"双叶饼"。他长得矮矮胖胖,正是他借给我看立川文库的。有一天,他被叫到教师住处了。他感到莫名其妙,一位名叫山田的女教师小声地问他:"黑本,你家的腰高馒头是什么价钱?"这个男孩感到吃惊,回答说

"一组五十钱"。腰高馒头是结婚时分发给客人的赠品,由红白两块构成一组。"山田小姐要出嫁了!"这一消息立即传遍全班。原来她的新郎就是我的老师盐尻先生。在当时,这种同事之间的婚配是很少见的。这个男生黑本至今还住在他继承自父亲的糖果店的后面,而且他仍然保持着他那张孩子脸。

我曾经被盐尻先生选中,站立在文艺会的舞台上,背诵国语《菅原道真》的文章,但是我一个字也背不出,只得红着脸走下台来。这就是"不会说话"的性格的显著表现。但是,我总是担任班长,佩戴红绶带的徽章。当时在另一个班的成川干子也佩戴过这种徽章。

我的手向来不太巧:图画、体操和手工都不是我所喜爱的科目。假如我比较能动手的话,那么我在第三高级中学和京都大学学习期间就做得好物理实验,也许就不会跨入理论物理学的领域,而会去探索实验物理了。我在运动会上从未得意过,但是有一次居然在障碍赛跑中获得第一。我虽跑不快,可也许是碰巧我稳稳当当地越过了障碍。我惟一手巧的事情是书法。当我交了新年头次书法作业时,我的老师向全班夸奖说:"小川写得很好,因为他勤加练习。"事实上,我在家里是向一位名叫山本竟山的先生认真学习过书法的,这位先生曾在中国专攻过书法。

山本先生向我所有的兄弟姐妹教授书法,而我甚至在上小学之前就作为我的姐姐们的陪读听他讲课了。他的家住在皇宫蛤御门的西面。每周一次,我跟随姐姐香代子和妙子从家里出发走过清和院宫门。她们虽然比我年长得多，但是作为当时的风习，男女不可同行，即使他（她）们是兄弟姐妹。如果我的姐姐走在马路的右侧，那么我就走在左侧，而且这是自然而然的。

后来，山本先生经常来我们家授课，也许是由于他的学生人数增加了的缘故吧。他是一个身材魁梧的男子，有一张圆脸。他年轻时到中国跟随杨守敬学习书法。杨氏是北碑派之一，通过他，一种重要的中国书法传统才得以流传下来。山本先生教授学生的方法是：他从桌子的对面握着学生毛笔的上端从而写反字。学生也同时握着笔，因而他能学到老师的笔法。

我们用这样的方法在一张纸上写每个字。我们将这些字用做临摹的样本，在练习之后，我们将每个字作最后的誊清以便在下一节课交给老师。我们兄弟几个往往要到上课那天才做练习。有几次，山本先生已到家里来教姐姐们写字了，我们只好匆忙地写一张纸敷衍塞责。为了避免因墨迹未干而泄露天机，我们就把纸放在炉火前烤干，结果炉火将墨迹烤焦使之变成了棕色。由于我们没有别的临摹作业可供选择，因此只好将它们交给老师。山本先生看到这些作业，只付之一笑。他通常穿着裤裙端然跪坐，见到我们走进房间则向我们点头致意。我们兄弟几个被他的礼貌态度搞得有点困窘起来了。过了一些时候，这种点头的习惯被免除了。当山本先生说"你写得最好"时，我不能说自己不感到得意洋洋。而且，事实上，我生性特别执拗，我一旦开始做某件事，就绝不半途而废。

后来，我向岳父学习绘南画①，同时学做和歌，我得感谢山本先生给予我的书法上的指导，使得我有勇气把自做的和歌题在画幅上。山本先生首先按照永字八法教给我各种笔法：楷书（如欧阳询的《九成宫》）、行书（如王羲之的《圣教序》）以及草书。这些课程持续到我开始上高中时为止。我最后连隶书都会写了。

那么，那种使得我从事研究自然科学的潜在因素在哪儿呢？从上小学起，数学就是我最喜爱的一门学科。我还保留着有关这一学科的一段回忆。在我快读高年级时我曾经独立想出一种求等差数列总和的方法，而没有认识到这对于一个小学生来说是一种较高程度的数学。当我的哥哥在中学里学习这种方法时，我早已懂得它了。我记得我母亲知道这件事时奇怪地望着我，她突然高兴得微笑了。

---

① 日本人指中国画的南方画派。

第五章

一种航行

求等差数列之和的公式，每个在中学里学过代数的人都知道，但是我不是从别人那里学来的。方程本身是我所不知道的，但我当时却在进行与该方程式所表述的相同的运算。后来，当哥哥们聚会在塔之段的家中和母亲谈起我少年时代的时候，有关等差数列的这段往事又被旧话重提了。我的哥哥想把这一发现解释成是我的创造力的一种闪现，但是我却不这样想——我几乎忘掉了它曾经发生过。前面说过，从小数学（小学时只是算术）是我学得最好的科目，但也仅此而已。

对于我的大多数熟人来说，从上小学到上高中，我并非显得卓尔不群。在小学时代的后半期，我的学习成绩逐渐好起来。我的所有主课都得 10 分，体操和手工得 9 分。在从五年级升入六年级时，我曾代表在校生向毕业班同学读告别辞。当时毕业班同学的代表是小川秀，她后来成为我大哥芳树的妻子（尽管她姓小川，但是她和我们家本来并非同宗）。

大正八年（1919 年）春我从京极小学毕业，进了府立第一中学。这个学校后来搬到下鸭，战后改校名为洛北高级中学。在我那时，它在吉田的近卫町，位于京都大学的南面。第三高级中学是在第一中学的北面。

京都学生的一种典型经历是，从第一中学到第三高级中学，最后进入京都大学。这就意味着在10年的时间内在吉田附近的三个学校中求学。当时还没有像"入学考试地狱"那样的说法，因而我进入这些学校并不感觉吃力。像我的兄弟们一样，我以为按照这种经历顺序升学几乎是天经地义的。

第一中学的校长森外三郎，已有许多人描写过。如比我年长的桑原武夫曾以《好时代的好教育家》为题写过他。对于我，森先生具有多方面的重要性。他是我初次进入第一中学时的校长，后来正好在我进入第三高级中学时，他又成了该校的校长。虽然我的中学时代比我的许多朋友短一年，但是我却有幸在森先生的指导下学习了7年。这对我来说是非常宝贵的，而且我所学到的自由精神也许使我终身受益。

从我的位于河原街的家走到第一中学，必须通过鸭川上的荒神桥。当你走近这个古桥时，你就会看到比睿山就在前面。山的右边稍低些的是大文字山，再过去更低些的是吉田山，吉田山是讴歌青春和伤感青春的三高学生们所喜爱的山。在吉田山的右面是此起彼伏的东山群峰。向上游望去，能看到今出川大桥和北山，而向下游望去则能见到丸太町桥。

这地区周围的景物至今没有多大变化。这是不是因为高山和河流占了视野的大半部分呢？不，甚至连沿河的住家房屋看起来也没有什么变化。桥的前方有一座旧的红砖建筑物，是建于明治初年的一家纺织厂。该厂的机器是从法国进口的，为了开工必须学会这些机器的使用。如今，它是一座令人追忆往昔的老式建筑物了。

当沿着工厂的北侧行走时，就会看到第一中学的校舍，在学校围墙外种着大柳树。木造的校舍是陈旧的，东倒西歪的。有一幢建筑物是用一根支柱支撑着的。边缘嵌板破裂了，屋瓦正在掉落下来。但是，这座破旧不堪的校舍也是第一中学的骄傲，因为它是最早的中学之一，建于明治三年（1870年）。尽管它输送出几千名人才，但是它的校舍却一年年地毁坏下去。虽然学校当局提出申请改建这座校舍，但是一直没有动工。后来我才知道，在不改建这一事实的背后，还有着一段光明的插曲。

森校长对待学生们是极其和蔼的。当我在入学仪式上首次见到他的温和面容并听到他谦逊而又简短的训辞"诸君从今日起就是本校的学生，要勤奋学习"时，我开始从心底里尊敬他。森先生虽然有温厚的绅士这一面，但是他还有严厉的旧武士的另一面。我后来听说，有些京都政府府会议员想让他们的子弟进入第一中学读书，但是他们并没有能够通过入学考试。当时是一个比较诚实的年代，不存在开"后门"的可能性。议员们力图对森校长施加压力，当他们得知他不愿让步时，他们说："好吧，只要有那个校长在，我们就不提供改建校舍的拨款。"

这种气氛流行于府会之中，而这也就是为什么校舍的改建始终未能实现的原因。当学生们明白了真相后,这只能使他们对于东倒西歪的校舍更加感到自豪。这是一种也许为年轻人所独具的正义感。作为一个中学生,我当时还不懂得深一层的理由,而只是对代表学校悠久传统的旧校舍感到自豪而已。

我在一年级乙班。我的许多同班同学都是教授的子弟,他们当中许多人自己后来也成为了各领域的学者,并任职于大阪大学(如川崎近太郎、木村英一)、京都大学(如西村英一、多田政忠、福田正)、名古屋大学(如真下信一、新村猛)、大阪市大学(如谷口知平)以及许多别的大学。从那时起和我走了相同道路的朝永振一郎比我高一年级。当时,我的大哥芳树已经在第三高级中学读书,但我的二哥茂树还在读初中三年级。我的两个弟弟还在上小学。

当我进入第一中学时,我发现自己被好朋友们和好老师们包围着。许多老教师学识渊博,许多年轻教师毕业于京都大学而且注定要在学术界成名。我的一些同学后来成了小说家或诗人,许多人则成了学者,人数不胜枚举。平静地照管着这些杰出师生的是森外三郎先生。

这位校长的自由主义,他的不干涉政策,大大地推动了教育的发展。这种环境使得一个性格内向的少年的心情变得轻松了。同班同学们是有趣的,教师们富于幽默感。竹中马吉先生教数学,而且很善于逗学生们发笑。他是土佐人,是一位物理学方面的大学毕业生。他往往将自己瘦小的身体靠近讲台，随后突然地说："请缺席的人举手。"全班同学听到这句话便哄堂大笑。当他开始讲课时，他用粉笔在黑板上画一个大圆圈——这是一个漂亮的圆，几乎没有一点变形。他转过身来对学生们含糊地说："我实在画不好圆；我发现画圆非常之难。"当然，他说的是反话。他微笑起来，而学生们则笑出声来。学生们喜欢数学教师，叫他"马先生"。

所有的教师都有绰号，大多数绰号的意思对于外人不是很明显的。例如，美术老师留着小胡子，我们就叫他"丹保屋"，因为他看起来很像"丹保屋"书店的老板。善于起绰号的学生也许是聪明的学生，他们是顽皮的。然而，我生来不是顽皮的，我以为用绰号称呼教师和别的学生总是不舒服的。在美国，在刚认识不久之后，人们就直呼其名，而我对这种习惯也不以为然。我不喜欢不带头衔地来叫任何人或被人叫。我尊敬森先生的原因之一是因为他说"我将把你们中学生当做绅士来对待，因而用'君'来称呼你们"。虽然我认为德语中的"Herr Professor"（教授先生）过于刻板，带有一种挖苦的味道，但是我仍然总是不喜欢用粗鲁的语言来表示亲近。也许这就是我变得愈来愈孤僻的原因之一吧。

我不是说在第一中学就没有很不驯服的学生了（当然，他们不是违法的少年罪犯）。当时，学生们穿用白布做成的鞋套，小腿的外面是用钮扣绑紧的。如果穿得正确的话，鞋套的末端贴紧鞋子。有些冒失的学生故意把鞋套穿短了，在鞋子和鞋套之间露出袜子的颜色。有些学生为了能露出袜子，特地去买一双短的鞋套。这也许就是当时中学生们打扮的惟一形式了吧。

那时还没有今天的咖啡馆，当然也没有中学生去喝米酒了。少数中学生经常出入所谓的"牛奶铺"，这个名称今天已不用了，但是那时在大学和三高附近有几家。牛奶铺的店门是玻璃的，用白帘布遮盖着，在当时颇具现代气氛。那里所供应的饮料包括牛奶、牛奶冰激凌混合饮料、苹果汁和咖啡，咖啡的价格为5钱。

有一些目无法纪的学生，在冬天里，有时偷取破烂的校舍嵌板，大方地将它们投入炉中取暖。坏了的桌椅也同样变成了取暖的燃料。甚至还有更糟的情况：一个学生居然把化学教师的点名册偷出来，放在校舍的地板下面烧了。他为此而受到了严厉的处分。这是我从第一中学毕业后发生的事。

至于我本人，我在上中学的过程中，变得愈来愈沉默了。我并不缺少朋友，我甚至也参加各种体育运动。总之，一个少年的内心世界在我的内心中揭开了。回想起来，我认为我当时偏狭地试图保护自己。因而我经常出入的地方是图书馆，即所谓的"静思馆"①。这是一幢从外表看来和所有别的校舍同样蹩脚的建筑物。在它的入口处的上方挂着内藤湖南先生的匾额，是他给图书

---

① 安静思考的场所。

馆命名的。

我具有一种很容易心烦意乱的个性。小学六年级时的心理观察表有这样一段评语（除了像"可靠的"和"推理正确"这样的话以外）："虽然不想为一点点小事哭泣，但是很容易哭。"一颗敏感的心是很容易被刺伤的。为了力图确保内心的平静，我觉得我必须尽量地少和别人接触。好像我力图确保自己的自由，因而当我在深渺的海洋上航行时需要尽可能少的同伴。我将朝什么方向航行，我不知道。我是一艘没有舵的小船。

如同我在前面说过的那样，我不是一个惹人注目的人物。我的朋友们叫我"权兵卫"[①]。我常常憎恨这一绰号。在我离开中学之后，就没有人再叫我这个绰号了。两三个月前，我遇见了一位同班老同学岩崎丙午郎，在近 40 年的岁月中，我们走了不同的道路。在中学时代，我长得较矮，但岩崎君是高个子，而且与我不同，他性格活泼。我们谈了一会儿过去的岁月、朋友和老师。突然，我的旧绰号又出现了，我感到吃惊。因为我非常不喜欢这个绰号，我一直在力图忘掉它。现在回想起来，我觉得它不仅具有挖苦的味道，而且甚至还有点怀旧的情调。在这个绰号中，有着一个生活在自己的世界中的人的形象。

当我在离开中学 10 多年后发表我的第一个研究成果时，我

---

① 无名小卒。

正在为全世界的学者们证明我的发现是否正确而担忧着。我认为，如果这些发现是正确的，那么全世界的科学家就会证实它们。但是，我的理论得到承认将会导致如此多的不同种类的问题，是对科学研究具有很大破坏性的东西——那是完全出乎意料的。必须承认，从广义上来说，科学研究是为人类而存在的，而且总是可以具有完全意外的社会效果的。然而，如果国民尊重科学研究，那么我就要求他们让科学家留在实验室里，别把他拉到复杂的世界中来。这不仅仅是我个人的观点，也许很多的科学家都有这样的愿望，而我正在为他们辩护。

很久以前，我就不是一个"无名的权兵卫"了，现在没有人让我独处了。想到自己还有某种价值，我并非不感到喜悦，但是我也不能否认这对我是一种沉重的负担。

就在现在，在学校研究所的自己办公室内，我正坐在一把椅子上，我感觉得到夕阳把它柔和的光线射进了窗内，我正在回忆我那不引人注目的少年时代。不引人注目的状况是多么平静啊！隔壁房间内的打字声已停了一些时候。每天来工作的人们准备下班回家了。我的房间已有寒意，想必是起风了。窗玻璃上的树枝影像摇摆不停，在我的脑海里浮现出一些离校回家的孩子的身影；在我从大学回家的路上，我有时在一处有风的街头或在一个孤零零的小神社的牌坊下面看到这样的孩子们。

太阳已经下山了，

但是看拉洋片的少年们却不归。
少年的日子很遥远。

我对京都的群山保持着许多回忆。

又想起那无聊的哀愁、沮丧的岁月。
我望着京都的群山已近黄昏。

比睿山就像那些无言的死者。
我又思念起久别的友人。

这几首都是我后来作的和歌。
少年时代我曾和朋友们爬过这些山。登临吉田山和大文字山，就如同平地散步一般。我爬比睿山走过许多不同的道路：据说那里常有熊出没的白河道的七曲弯，云母坡的陡坡。登山时，我的心情显得很开朗。

在中学里时时有猎兔的活动。岩仓和松崎两山中有许多野兔：在一个适当的地方张好一个大网，同时学生们排成横队爬坡，从而把野兔从灌木和杂草丛中驱赶出来。"嗬！嗬！"叫声喧天。一只肥壮的棕色的兔子出乎意料地跳出灌木丛，学生们就将它朝着张网的方向驱赶。这对一个中学生来说是一件乐事，但是就在这一次围猎之后，我就开始憎恨这种事了。那是因为对猎获的野兔的处理是那样的残忍。高年级的学生抓住落在网中的野兔,而且机械般精确地将野兔的双膝折断。骨头折断的声响在黄昏时的山林中显得很刺耳。

我有一种很不愉快的感受。瞥看地上,我见到一些小小的花瓣散落在草地附近,刹那间,我感到了宽慰;但是当我再走近些看时,我发现它们竟是从野兔身上撕落下来的毛皮。我的同学们兴高采烈地背着猎获的野兔下山,我却独自一人感到不满意。我们回学校去,而且这还远没有结束。

在校园的场地上,挖掘好了生火用的坑坎。野兔变成了薄薄的红色肉片,而且还买了一些猪肉以弥补兔肉的不足。把猪肉和兔肉投入锅中燃火炖煮。太阳终于落山了,学生们围坐在火的周围吃着炖兔肉。它的味道对我饿空的肚子来说是好的,但是我心里并不快乐。柴火的爆裂声使我想起了野兔的骨折声。我就是这样一种学生。

京都这一内陆城市三面环山,但是学校规定都得学游泳,有6只船就是派这个用处的。学生们入学第一年就要学游泳。游泳课是在夏季上的,地点是在三重县的津市。这种锻炼在我离开一中后似乎还继续了很久。在8月里,大约100个学生在寒松院的正殿内居住3个星期。那儿有藤堂高虎的墓,有古老的大松树,树上的夜鹭整夜叫唤不停,叫人害怕。庭院上空星星点点撒下白色的鸟粪。寒松院就是这样一座寺院。

游泳风格是被叫做"观海流"的传统日本方式。它的座右铭是"观海如陆地"。速度不是重要的，长距离游泳只不过是一个在海上漂浮的问题。中午，我们被拉上船呆30分钟，吃点热粥后再回到海水中。3点钟的点心是在海上喝点糖水。重要的问题是培养长时间泡在水中的耐久力。当时的游泳标准是：第一年109米，第二年13.5千米，第三年18千米。

每年由一位名叫谷冈的老师来管理学生。他恰好是有"爸爸"这一绰号的那种人物。他住在第一中学校园内的办公楼里，而且时常有些顽童来捉弄他的年幼的女儿。在津市的整整3个星期内，谷冈先生呆在海滩上从不下水。学生们常说他才是真正的"观海流"。他的理由好像是说："如果我下水了，就无法照看这100来个学生了。"总之，几天呆在滚烫的沙滩上照看在海水中沉浮的学生们，是需要有极大的忍耐力的。也许幸亏有谷冈先生的照看，在第一中学每逢夏季去海滩的几十年期间从来没有发生过意外。

谷冈先生有时会训话；他总要坚持的一件事情是："你们不要去观音寺。"然而，学生们游了一天泳之后，到晚上就感到口渴了。天黑以后，市内的观音寺热闹起来，那儿有搭了席棚的冷饮店。在学生中间，所谓去"参拜观音"就是溜出来到这些店去喝冰水。虽然老师力图阻止我们出去，但是第一年我就和朋友们去了，我因而生过病。然而，这并没有阻止我再去参拜观音。我们的津贴费是由老师保管的，他每星期支付1元，每天就是不到

15钱，在必要时我们得用这些钱来购置学习期间所需的文具。溜出来喝冰水是我们惟一能够花费得起的享受。

我的大哥芳树在中学时代每年要上游泳课，我也如此。不仅这样，而且在读完中学 4 年之后，我又继续走下一年的旅程，直到被授予助教证书，因此我对游泳有很多的记忆。至今我还记忆犹新的是远离海滩时突然发现天空乌云密布的那种神秘感。当然，这是一种恐怖感，但同时它也是一种无尽的孤独感。

让我们再回到有关我的学习的话题上来吧。我向来不是真正很用功的，也就是说，我从来没有早上 4 点起床一直用功到吃早饭。事实上，我早上醒得不早，到母亲来叫我时我还想赖在床上睡一会儿。母亲总是笑着说："秀儿睡过头了。"她所谓"睡过头"的意思是说"睡到大天亮还不醒"。

我的父亲从来不强迫他的任何孩子去用功。他也许希望每个孩子深入追求适合于自己素质的学问，而且他认为在学校中仅仅为了取得好成绩而用功是最愚蠢的。我在幼年时期害怕父亲，到少年时代，我则以沉默来表示对他的批评，但是我当然喜欢他不强迫我们用功的做法。事实上，我对考试前临时抱佛脚的做法一向是不热心的。而且，我没有好的记忆力，也读不好"死记硬背的学科"。相反，我对数学却愈来愈感兴趣。竹中马吉先生教数学非常好也可能起了一定的作用。

我迷恋于欧氏几何学的美。数学，尤其几何学的明晰性、简单性和透彻的逻辑性吸引了我。最使我感到高兴的是，我能够靠自己的力量来解答难题。几何学教给我思考问题的乐趣；当我遇到需要思考几小时的习题时，我就会热心起来。我听不见母亲叫我吃晚饭的声音。在我最终掌握了解题答案时所感受到的喜悦，使我体会到了生活的意义。我远远赶在整个班级之前就解答好了教科书中的习题。我买来了各种参考书和习题集，而我也解了那些习题。那时出版了一本秋山武太郎著的题为《可理解的几何学》的书。这是一本很有趣的书。书中写到了有关著名的西方数学家的故事。

我也喜欢代数。在小学的算术中有所谓鹤龟计算问题①。这些问题可能看起来像魔术技巧，但是一用代数它们就迎刃而解了。你需要做的一切就是把未知的东西写作 x，并沿着逻辑的道路追寻下去。数学适合于我，因为我头脑单纯，只有到一切事物都被完全理解时我才感觉满意。但是，回想起来，我庆幸自己没有成为一个数学家。作为一个数学家，我也许不会取得成功：我将在下文中说明理由。

我热衷于几何学，但是我当时对物理学几乎没有什么兴趣。教科书是简单的，我初读一遍就基本理解了。然而，那儿写着的东西只不过是事实，如果进一步思考起来，那么隐藏在事实背后

---

① 这些问题涉及鹤和龟的个数。已知这些动物的足的总数，从而不用代数方法计算出鹤和龟的个数。和中国的鸡兔同笼问题差不多。

的东西却是难以捉摸的。这个未知的世界宽广渺茫，而我则不得其门而入。不，我简直无法弄明白关于它要思考什么或怎样去思考。我找不到适当的参考书，我们在学校里做的实验也不能使我满足。也许很自然地我就感到兴味索然了。

我在学校里学得最糟糕的课程是制图和体操。当然，徒手体操是不成问题的，因为我积极参加过划船、游泳和垒球。我感到为难的是单杠，我一进入中学，就注意到一个名叫松浦的高个儿学生。他不仅个儿高，而且还有大人的骨骼。因为我长得矮而且有一张孩子脸，在我看来他是我所望尘莫及的。松浦君一上单杠，就做起各种动作来。他的危险的（我认为如此）"大车轮"旋转动作做得很准确。当我看到他的高大的身躯呈优美的直线状绕单杠转动时，我就感觉头晕目眩。我自然有点畏缩，躲在别的学生的背后，害怕被老师点到名："小川，该轮到你了。"

我有时间就去静思馆。我有一种强烈的读书欲望，同时这也是躲进我个人世界的一种方式。我时常读有关欧洲历史的书籍。回到家里，我就读用茶色硬封面装帧的新潮社出版的外国翻译小说。我记得曾被一位名叫吉田纮二郎的作者的散文所吸引，他的感伤主义情调引起了我的奇妙的共鸣。

可能在后来，我又被罗曼·罗兰的《约翰·克利斯朵夫》所感动，同时还爱读西行法师的《山家集》。在中学高年级我又读了正宗白鸟的令人郁闷的小说。然而，引起我沉思的则是托尔斯泰的《人生论》。我是在中学低年级时读这本书的，托尔斯泰的人道主义并没有立即在我的心中扎下根来；即使扎下了根，也没有培育种子发芽的土壤。但是，我不能否认这成了我开始思考事物的一个动机。

首先向我提出人有时必须面对的问题——"什么是人生？"——的人是托尔斯泰。我虽然不再记得他的《人生论》写些什么，甚至现在也不想再读它了，但是我当时却开始思考"什么是人生"。少年时期思考的阶段之一，就是认识到人类为各种怀疑所苦恼。下一个阶段就是看清楚自己的怀疑。当这些怀疑被自觉地看到时，人们就认识到这种怀疑不仅充满自己的内心，而且也充满世界上各种人的内心。

并不是说我在中学里没有交朋友，但是当我认识到人们伤害彼此之间的感情是多么容易和多么可悲时，我就力图避免与人接触了。在知道人是孤独的以前，我首先知道自己是孤独的。我在从学校回家的路上，从荒神桥边望去，看到比睿山孤高的意趣。也许观看者的心情被反映到山上去了。我因为它的孤独而喜爱它。这虽然是少年的感伤情怀，但是，奇妙得很，这同一种感伤情怀在我50岁时仍然保存着。

我有几个弟兄。由于我大姐出嫁到东京，家中人口减少了，但是我的兄弟们和我却随着年龄增长而变得更加开朗了，而且变得相当善于辩论了。我和兄弟们谈论过许多事情。当我们对某件事的看法不一致时，我们就争论起来。当争论毫无结果时，我们就打架。我的对手通常是我的二哥茂树。

  茂树知道许多我所不知道的事情,他从朋友和老师那里很快吸取到新的知识。我读托尔斯泰的《人生论》的理由就是他力图用从他的一位托尔斯泰主义者的朋友那里学到的东西来迷惑我。托尔斯泰对于当时的青年一代是很有影响的,我的一个中学同学后来就加入了由武者小路实笃组织的"新村"。二哥茂树的议论大抵是有根有据的,这就使得我想知道更多跟他意见不一致的论点。我虽然人小,但是我总是争论不过就开始动武。于是大哥芳树就出面以相当粗暴的方式进行阻止。他从来不想对我们劝说几句,而是走近我们俩用手打我们的后脑部。他打得很痛,我就委屈地哭泣起来。最后,我就又会退回到自己的个人世界中去了。

第六章

波和风

我的性格终于使得我拒不理解我周围的人吗？父亲琢治说我是那种总是有自己的主意的人，他还说："我甚至摸不透秀树在想什么。"我的兄弟们也许比我开朗。弟弟环树，性格直爽，是家里最被信赖的人。我是弟兄五人中的中间一个，我是阳光照射不到的山谷。在这个山谷中吹过什么冷风，流过什么河水，甚至连我的父亲也猜测不到。大哥芳树曾经说道："知子莫若父"这句话"并不适用于父亲和秀树之间"。也许事情就是如此。

我们兄弟几个有躺在床上看书的坏习惯。当我看书疲倦时，我的思想有时会走向未来，或者回到幼年时期的过去。在那种时刻，一种特殊的景象就会浮现在记忆中，从而恢复了我在见到河原街初次装上煤气灯时所具有的那种兴奋的感觉。

那是发生在我进入小学以前的事。是秋天吧？风吹过大街，细雨淋湿了我的衣领。比睿山已经呈现淡灰色，夜幕似乎正在降临山坡。我当时正站在一家商店门前，我记不得母亲是否和我一起来了。人们在我面前匆匆走过，赶着回家。在晚间的喧闹声中，我听到了一群孩子的声音，我转向他们看去，见到一个高个子的男人向我走来，他身边围着10来个喜气洋洋的孩子。他扛着一个小梯子和一根竿子，他的一个肩上挂着一个罐子。

　　这群人停止在5米远处，几个月前刚竖起的煤气街灯支柱的地方。一个女孩问："我能够点灯吗？"此后，男孩们想从那个人手中接过长竿来。他制止了孩子们，然后就将长竿伸向煤气灯。灯内忽地升起一串蓝色的火焰，绵绵细雨则使得灯周围形成一个直径约为1米的明亮的球体。雨丝在灯光中闪烁，引起了孩子们的一片欢呼声。然后，这一小群人簇拥着那个人走向下一根灯柱。灯一个一个地被点亮了，在孩子们的眼里，黄昏的市街似乎正在举行一种神秘的仪式。这个人将走多远呢？他是一个魔术师，在我看来一个在那排煤气灯之外存在的未知世界正在被揭示出来。虽然现在那时的回忆已很遥远，但是这却同时在我心中播下了厌世主义的种子。

　　我对父亲敬而远之，我和弟兄们打架。我几乎没有亲密的朋友，但是我并非不亲近任何人。我受到了和我们生活在一起的祖母和外祖父、外祖母的宠爱，我总是亲近母亲，我最小的弟弟滋树也对我很亲近。我有时不免要怀念起大弟环树上小学后家里只剩下滋弟的那段时期。

　　滋弟每天热切地等待着我放学回家。当我打开前门，说"我回来了"时，滋弟就高兴地跑出来拉开拉窗。与此同时，我却走向厨房门口。滋弟发现我不在前门，就走进厨房，但是我已经又在前门了。我经常这样友爱地捉弄我的小弟，我非常喜欢他。然而，这个小弟弟却作为上次战争的牺牲者而先我去世了。

我也曾帮过我的两位姐姐相当多的忙。当嫁到东京的大姐香代子生第一个孩子时，未出嫁的二姐妙子要到东京去帮助料理家务。想必那时正值学校放假期间，我要陪她一起去，自从我在那儿出生以来我还不曾到过东京。我们乘着两辆人力车穿过京都的宁静街区直奔火车站。我内心充满着喜悦。到了东京，我们就去了位于东京市内青山的大姐家。在那里，二姐忙于帮助料理家务，但我却无所事事。我浏览姐夫书斋里的藏书，在附近散步，倒显得很自由自在。日子过得很快，转眼间又到了该回京都的时候了。后来，二姐也出嫁了。她在家时，她的同学时常来我家，很热闹。现在只剩下我们弟兄几个了，家中顿时显得冷清了。

父亲是一个心情易变的人。他有时在我们大家吃完晚饭之后才从大学回到家里来。那样一来，他就独自一人喝点米酒，享用自己的晚餐，我们都坐在他的周围。他吃喝得津津有味，而且在心境好时就向我们讲述各种有趣的故事。

父亲常有许多来访的客人，他是一个想什么就说什么的人。当客人静心听他说话时，天气总是晴朗的，但是当有人说了不中他意的话时，天气就会很快地恶化起来。"你说的究竟是什么意思？"父亲的大嗓门在我们的房间里能够听到，从而使我提心吊胆，虽然我对这样的电闪雷鸣已习以为常了。

是不是因为父亲脾气暴躁，我的性格才反其道而行之呢？或者是我有意识地反抗从幼年时代起就笼罩着我的那种儒家思想呢？有一段时期，我曾经寻找过在老子和庄子的著作中所能发现的东西。直到那时我所受的家教均来自儒家典籍《大学》《论语》和《孟子》，是中国的正统派思想。也许我的兄弟们对此并不很反感，当时尤其是后来成为东洋史专家的二哥茂树对此没有反感。但是在我看来，儒家哲学是一种不合乎人情的哲学。这是一种在我有批判力以前就早已强加在我头上的东西，而这一事实恰恰使我对这种东西产生了怀疑。

"身体发肤，受之父母，不敢毁伤……"① 这种语调听起来似乎有强加于人的感受。其背后显得毫无深刻的思想可言。我开始寻找较少教条成分的读物。我在父亲的书斋里读到了《中庸》，但是这本书有点太哲学化了。我不懂父亲为什么没有让我学这本书。而我当时首先发现的是《老子》，其次是《庄子》。

读这些书加深了我少年时期的厌世观。它们不仅支持我对自己过去所受教育持异议的愿望，而且也包含有真正投合我心意的东西。我越来越内向了，虽然什么也没有发生过，没有发生过一件特别令我悲观的事件。我没有坠入过情网。当时，正派人家的子弟是不许和女子来往的。

在我开始投身于物理学以后，当我的研究工作进行得不顺利时，我仍然会感觉到一股绝望的厌世情绪。后来，我知道有几个

---

① 见于《孝经》："身体发肤，受之父母，不敢毁伤，孝之始也。"

欧洲物理学家自杀，而我觉得自己能够理解这种行为。然而，我本人从未想到过自杀。在我内心深处有着一种对人类、社会、家庭（社会的组成单位）、朋友和年轻研究者们的责任感。这种责任感似乎独立于我对人类的空虚和社会内部矛盾的厌恶而存在。这不是一个"取与之间"的问题，而是一种有与而无取的责任感。一种无偿的善行可能是和老子及庄子的"无"有关的。

对科学的笃信使我有消除厌世观的可能，但同时也揭示了新的证据，表明在科学的自然观中包含有厌世观。在这种心理状况下总是支持着我的东西是继续从事我的创造性活动的可能性。没有了这种可能性，我就会没有任何指望了，而这也就是为什么我如此热心于理论物理学的缘由。也许我正在无意识地寻求一种超越人类矛盾和苦恼的和谐与简单性。

在当时正醉心于老庄思想的我看来，甚至我所尊敬的森外三郎校长的自由主义也比欧洲人的更加老庄化。

在我信奉老庄之前，我加入过与名叫《近卫》的同人传阅杂志有关的一个小的文学团体。大约在我进入第一中学以前，这本杂志就由包括大我两岁的哥哥茂树以及桑原武夫在内的一个团体创办了。杂志名称取自第一中学校门前的一条街名。约有几十个同人撰写各种文稿：小说、随笔、论文。有对教师的批评和对学校的建议。目录上往往列出二三十个人名，尽管它们都是笔名。学生们似乎什么都写，在那不管不顾的青年时代，这种自由在第一中学是许可的。

这本杂志是由比我高两年级的我的哥哥的班级创办的，但接办下去的却是我所在的班级。因为比我高一年级的班级还没有参加《近卫》的风气，所以跳过一个年级就轮到了我们班。我不清楚总共出了多少期，但我知道当杂志停办时，主要投稿人每人拿了一册旧刊；把它们收集在一起也许是有趣的。

杂志的封面是由一位善于绘画的团体成员设计的，而且有带插图的目录。正文由作者手写，而且采用日本纸线装成册。杂志的大多数原稿是用毛笔书写的，但也有若干篇是用钢笔或铅笔书写的；每篇原稿的第一页通常是由作者自画插图。杂志在团体成员之间传阅，他们在空白处写下各种读后评语，其中有些评语是很有趣的。

我写了一篇关于友人互勉的儿童故事。我记不大清它的内容了，而且我不知道如果我今天再看到它会有什么样的感想。但是，不管它的内容是什么，意识到我曾有过能够写作一篇童话的时代这一点，是值得我纪念的。事实上，我始终认为，文学美和理论物理学向我们揭示的"美"，这两者之间并不是相去甚远的。我甚至到今天仍有这样一种愿望，如果得有余暇就想写作一篇童话。

川崎近太郎君，是我当时的密友之一，他特别热心于编辑《近卫》。编辑们收集到原稿后就召开编辑会议。或许会议仅仅是孩子气的、有时是任性的意见交换罢了。"让我们把这个放在前面"，或者"这个不怎么好"。次序决定了，目录编好了。他们当时想必以为自己像真正的编辑。我本人与编辑事务几乎没有什么关系。

老子和庄子的思想是自然主义的，是决定论的，然而它们却有一种彻底的合理的观点，这想必就是吸引了我的那些方面之一。我从小时候起就绝不会满足于不彻底的观点。如前所述，在京极小学时每天有一次早会，由建部校长作简短的训话。讲些什么，我大多已经忘了。但奇怪的是，我却清楚地记得其中一篇讲话。记得有一天早晨，校长先生讲到了"彻底"这一话题：有许多动物要过河，除了大象之外它们都是游泳过河的，惟有大象是踩着河底过河的。这就是"彻底"。这一单词给一个小学生留下了一种强烈的印象；他幼稚地感到纳闷，如果河流太深，连大象也无法涉水过河，那会怎么样呢？

在中学时，我欣赏老子和庄子的悖论，但我也不能否认必定还存在着某种东西。青春的血液开始在我体内流动。我确信是在第一中学上四年级的时候，学习了进化论的基本原理。教这门课的是首席教师武田丑之助先生，他有一个诨名叫"阿丑"。他是一个年岁相当大的长者，很博学，而且也是一个好的演讲者。首先，他介绍了拉马克的理论：当一个生物不断地使用某一器官时，这器官就变得高度发达，而这就是生物进化的过程。这种理论在我看来似乎是很符合逻辑的，但武田先生说这理论是错误的。一个生物在出生后所获得的各种特性是不遗传的，所以它们对进化毫无用处。

接下来，他开始解释达尔文的理论。这理论是建立在同种生物之间生存竞争的基础之上的。在生存竞争中获胜者繁殖得较为成功。正是由于通过自然选择而使适者生存，生物才得以进化。我不能清晰地理解这一思想。在我回家时，它还在烦恼着我。我在家中庭院里漫步，思考着先生在课堂上讲的那番话。

这时，我们已不再居住在河原街了。丰冈子爵出卖了他自用的住宅和我们租用的住宅，归隐到西贺茂去了。此后，我们从未听到过他的消息。我想购买我们住房的一定是京都的实业家山口玄洞。因为丰冈先生的住房较大，我们就租了这所房子并搬了进去。此后不久，河原街被扩建，而且开始有电车通过。同时，沿街的土地被划分成了小块，而且建造了一些商店。虽然大正十年（1921年）前后的世道似乎很平静，但实际上变化是迅速的。

我们家后院的一部分是一片竹林。厨房对面是用竹子搭建的鸡棚。母亲为了使孩子们有蛋吃，开始喂养了几只来亨鸡。庭院间有一块较宽阔的空地，我们在那儿玩投球和掷铁球。在鸡棚附近的角落有单杠，但我们不常用它。

听到了进化论以后，我那天甚至连玩投球和掷铁球的念头也没有了。相反，我却在庭院里前后走动着，满脑子想的都是生物进化的奥秘。为要引起自然选择，从出生时起就必须存在着适者与不适者之间的差别。如果考虑到出生后可能会产生的差异，那么这就和拉马克理论没有什么不同了。那么，这种天生的差异又来自何处呢？武田先生关于这一点的说明并不很清楚。不管如何说明，凭一个中学生的贫乏知识，我无法彻底理解进化论。

很久以后回想起来，我认识到在当时我就对自然界中发生的每个事件的必然性抱有坚定的信念。这可能就是为什么我容易将决定论当做惟一合理的观点来加以接受的原因吧。但是，一种所谓进化的、能够被看做为合目的性的现象是相对于生物的某一种类的全体而发生的。我一定以某种孩子气的方式感觉到有的问题光凭我自己的简单想法是无从解决的。

那时，我还不知道20世纪初物理学已经发生革命。我甚至还没有充分认识到，我以为是惟一合理的想法的东西事实上恰恰是19世纪末以前的科学家们确信为绝对正确的东西。当然，我不知道在20世纪初已经产生了像量子论和相对论那样的新理论，而且它们正在动摇经典物理学的基础。然而，我在理解达尔文进化论方面有困难这一事实似乎曾经对我的精神成长过程产生了深刻的影响。那时，我的潜在意识开始朝着不同于以往的方向做出了积极的反应。

看来我少年时期的伤感情绪已开始转变成青年时代的浪漫精神。回想起来，我能够理解我受了似乎陶醉于自己宏伟想像中的庄子的吸引，而不是受代表那些懂得人生空虚的人的智慧的老子的吸引，毕竟是有某种理由的。在我的身体里开始流动着青春的血液，而且我渴望尽快离开第一中学而进入隔壁的第三高级中学。大约就在这时，将近我中学四年级第三学期末，阿尔伯特·爱因斯坦访问了日本。

在同人传阅杂志《近卫》上写童话，迷恋于几何学的美，被进化论所苦恼，读老庄的书而思考人生的意义——我少年时期的这种飘忽不定的感情历程，至今回想起来仍不免使我微笑。我像是一条船，它的雷达正在黑暗中搜索着航标。我少年的雷达终于成功地探寻到了某种东西，但是它距离很远，远得我无法说出它对我所具有的意义是什么。只有在它再次漂远以后，我才认识到它的重要性。

大正十一年（1922年）的夏末，报纸上说："爱因斯坦博士访日。"我当时正在上中学四年级。在日本人中间，爱因斯坦的相对论被讨论过，但没有被理解，尽管石原纯博士早已宣传过这一理论。即将到来的访问刚宣布，爱因斯坦的名字就泛滥于报刊杂志上了。他的这次旅行是由改造社安排的。《改造》杂志在几年前从出版界消失了，但在当时它与中央公论社一起平分过日本知识阶层的秋色，想必当时的社运一定是昌盛的吧。

爱因斯坦博士于大正十一年（1922年）11月17日乘"北野丸"号轮船抵达神户。他在半个月前刚被授予了诺贝尔奖。包括长冈半太郎、桑木彧雄和石原纯在内的日本科学界的大人物们都亲临神户港欢迎他。午后抵日，爱因斯坦直接到了京都的一家旅馆，在那儿过夜。几天前，《改造》杂志发行了12月号，一本厚厚的《爱因斯坦专号》，前面刊登了爱因斯坦的照片，并发表了由上述科学家以及寺田寅彦、小仓金之助等人写的有关爱因斯坦及其工作的15篇论文。在这些撰稿人中间，我不能不提起的是玉城嘉十郎，一位京都大学的教授。从我选择研究理论物理学那时起，我就得到了他的帮助。然而，在爱因斯坦访日时，我还不知道玉城教授的大名。

在京都过了一夜之后，爱因斯坦就在他抵达神户时所遇见的日本科学家们的陪同下去了东京。从那时起，关于他的故事和照片几乎每天都见于报端。据说，他在庆应义塾所做的第一次讲演曾持续了5个小时（包括休息时间在内）。虽然爱因斯坦曾指定听讲者不超过1000人，但是听众却超过了一倍，尽管其中只有少数几个以物理学为专业的日本科学家。

在爱因斯坦访日时，我对物理学的兴趣并不大。相反，我却比较热心于数学。一个物理学家的著作为专业圈子以外的人所共知是不同寻常的，但是哲学方面的书籍却开始增多起来，岩波书店的哲学丛书已出了许多册。西田几多郎博士的《善的研究》曾经有好多年激励着年轻人，而且也许恰好就在那时，哲学家田边元博士的《最近的自然科学》作为哲学丛书的一种出版了。在这本书中，"量子论"这一名词出现过好几次。虽然我根本不理解它的含义，但是我却感受到了这几个字有一种神秘的吸引力，而且我开始崇拜量子论的创始者马克斯·普朗克（Max Planck）了。

物理学家一般是与新闻界毫无瓜葛的，而石原纯却是一个例外。他经常在报刊杂志上写有关理论物理学新方向的文章，而且还写了一本叫做《相对论原理》的书。我曾经听说过阿尔伯特·爱因斯坦的大名。我的潜意识可能正在缓慢地移向理论物理学的方向，因为在中学四年级时我变得热心于做物理实验了。实验是由两人一组合作；我的合作者是工藤信一良君，我们当时做过湿度测定的实验。

当乙醚急剧膨胀时，它通过蒸发来降低温度；在它的金属容器表面就凝聚成水珠。这时将容器温度与室温比较，就可以计算出空气的湿度。我做这一实验取得了成功，感到非常愉快。那时，工藤君突然说道："小川君将会成为爱因斯坦。"在那一瞬间，我并没有理会他在谈论什么，因为我当时还没有想到要成为一个理论物理学家呢。然而，做完实验之后，回想起工藤君的话，我因为某种我尚未知的理由而变得很乐观。我当时正处在庄子所说的那种混沌状态。

在我那个年级，更加引人注目的学生也有几位。谷口知平君是一位几乎总是考第一名的有名秀才。市村文雄君虽是棒球选手，但通过拼命干也成为了第一名。井手成三君从三年级起就已崭露头角。汤浅佑一君也是秀才，同时又是赛跑和棒球选手。我除了数学好以外，就别无长处了。

爱因斯坦博士是一个伟人，离我很远。工藤君的话似乎并不适用，但他的话看来已在阻止我的航船前进的大浮冰上形成了一个看不见的裂缝。法国诗人蒲鲁东曾写道：

> 一个花瓶受到扇子的轻击，
> 并没有产生可见的伤痕。
> 那裂缝却在随着时间增长，
> 终于有一天花瓶自行碎裂。

当我写到上面几行文字时，我就想起了这首诗。

爱因斯坦从东京去了仙台，然后回到东京，并且在12月再次来到京都。他面向着挤满了会场的听众发表了讲演，尽管京都是一个很少有人集会的地方。讲演又是关于相对论原理这一困难的课题，也许甚至连平常反应并不灵敏的京都人也被爱因斯坦的个性迷住了，也许是他们那种抓住新事物不放的特质这一次把他们从家中拉了出来。不，它不可能是那类事物。相对论和它的创始者已经是世界上所有文明国家的一个谈论话题，而日本或京都也不可能例外。

然而，这些就是我后来发现和思考的事物。当时，我甚至连我的朋友工藤君的话也没有理解。当爱因斯坦在京都讲演时，我没有出席，我甚至还不知道讲演在何时、何地举行。小堀宪君去听了讲演，他是我在第三高级中学时的同学，后来成了一个数学家。我为什么如此漠不关心呢？简言之，不仅是因为我对自己周围小世界以外发生的事情不感兴趣，而且我甚至还不知道自己是谁，以及在自身内部正在发生何种变化。

爱因斯坦不久就离开日本返回了欧洲。那之后过了10多年，昭和十四年（1939年），在我32岁时，我生平第一次出国，而且去的就是欧洲，应邀在布鲁塞尔召开的索尔维物理学会议上做有关介子理论的讲演。那时相对论不再是理论物理学的中心，而基本粒子物理学则开始登上舞台了。爱因斯坦本人已离开欧洲。但命运却令人啼笑皆非。二次大战迫在眉睫。我决定离开我正在访问的柏林，恰好就在战争爆发之前。不仅是索尔维会议，所有我计划参加的国际性会议都被无限期地延期了。我上了途经美国返回日本的"靖国丸"号轮船。我中途在纽约停了一下，到普林斯顿去拜访了爱因斯坦博士，他已长了白发。

战后，我在普林斯顿多次拜访过爱因斯坦，而且我对他的尊敬也与年俱增。在近几年中，我正在研究怎样把爱因斯坦在广义相对论中所表达的伟大概念应用于亚核粒子的世界。我想再一次见到他，但是现在却不可能了。

第七章

插　曲

如果你刚走过一片草地,而又听说那里有一口陷阱,深得使陷落者无法爬出,你是会不寒而栗的。而且,这陷阱用草覆盖着,即使你走近它,也不会有所察觉!我以往相当普通的生活中似乎就包含有这样一种危险,但是我约在30年以后才得知它的存在。因此,它几乎没有对我产生过什么影响,而且仍然使人觉得很不可信似的。我母亲向一位熟人说起过这段往事,所以我不能简单地说那是不真实的。在某种程度上,这段插曲甚至可以增加我人生经历的一定深度。

当时,我对危险毫无所知。我走在草地上,感受到了从草地上反射出来的阳光的热量,而并不知道那里有一口陷阱。这就是为什么我不能以"我如何如何"的口气来描述这一事件而将采用第三人称(尽管这在自传中是不同寻常的)的理由。这样也将有助于我写得客观些。

那是爱因斯坦访日以前很久的事。在小川琢治家,他的岳父驹橘已谢世,长女香代子已出嫁,次女妙子也嫁到东京去了,家中只剩下几个儿子。当时正在第三高级中学上学的长子芳树打算报考东京大学。那样就会又有一个孩子离开家,而家里将变得更加寂寞了。在次子茂树离家之后，秀树、环树和滋树的升学方向是什么呢？

琢治逐个地考虑了孩子们的特点和长处。他的朋友们常对他说："你有好孩子。他们个个都不同一般。"当他听到这些话时，他就会想像有那么一天，所有的孩子都长大成人了，而且都有了各自的家庭，他脸上就会微露笑容。但是，把一个孩子培养成人是困难的，因而他不是毫无忧虑的。

琢治和他的妻子曾决定将所有的孩子都培养成为学者。他们果真都有这样的潜力吗？即使他们有潜力，那也将需要大量的钱。一个日本大学教授的收入在任何时期都不是很高的。一个教授办理两个女儿的婚事和送五个儿子读大学，不是容易的事。琢治自己是学者并以此而感到自豪，因此他决定引导孩子们过学者的生涯。但在当时，他开始感到纳闷，不知道是否还有其他体面的职业，因而他突然决定重新估价他的孩子们。

这些想法像风一样突然地闪现在小川琢治的脑中，从而留下了长长的痕迹。他一生埋头于做学问，深知一个学者生涯的甘苦。他甚至不能想像在他的生涯中会有他不再充当一个学者的日子。但是，这不是全部的人生，人类有许多种生活方式。也许他仅仅从自己的观点出发来安排儿子们的前程是不够慎重的。也许有一个儿子生活在一个不同的世界会更好些，这样也许更加自然。如果这样，那么这将是哪一个孩子呢？

于是就想到了三儿子秀树。他肯定不同于别的孩子！他有孩子气的容貌，而且多愁善感。在他的外表后面隐藏着什么呢？他的灵魂超过别的孩子，或者……？琢治摇了摇头。这孩子想把东西隐藏在心里，但是当他把心里想的东西说出来时，他又显得太有主见了。在五个男孩当中，他的性格最难捉摸，而且有时这种性格使得琢治感到不安。琢治确实说过："我从来说不出秀树在想什么？"也许他认为秀树也应当成为学者这种想法是错误的。如果这是一个错误，那么他就得为秀树考虑一种不同的人生。

有一天下午，孩子们都上学去了，琢治坐在书桌前，面前摊开一本书。他的妻子悄然而入，说："你现在不是要外出吗？"

他答道："是的，就要走了。"

琢治看着妻子的脸，然后转过头去望着庭院。那正是绿叶的颜色逐渐变深的季节。灌木散发出新叶的气味，棠棣花盛开着鲜艳的黄色花朵。

"这几天秀树怎么样？"

没有听到回答，他又转向妻子，发现她的眼睛里流露出惊讶的神色。也许她对这种奇特的问题感到诧异，她答道："没有什么变化。"

琢治此刻才认识到这将是一个相当严重的问题。他的妻子似乎感觉到了什么，她的眼神流露出不安的情绪。然而，既然说出了口，琢治又接着问道："他打算上大学吗？"

琢治看到妻子听到他的问话时脸色变白了。"你说的话是什么意思？我不……"而当妻子结结巴巴地说话的时候，他替她把话说完："……理解。"他站起来，走进隔壁房间，开始脱去他的和服。如果他们这样谈下去，他担心会谈得很费力。妻子帮助他穿上了衬衫，并递给他领带。琢治在穿好衣服之前没有把谈话继续下去。他打不定主意，相反地，他却在自言自语，想用自己的想法来试探妻子。虽然她问他是什么意思，但是她却心里明白。这就是为什么在他说话时她会改变脸色的原因了。对于一个孩子是重要的问题，对于他的母亲同样是重要的。而且，秀树这孩子在寡言和文静的性格方面酷似他的母亲。他们在如下方面也是相像的：他们的平静隐藏着一种内在的力量。

　　穿好衣服，琢治回到书房查看他的皮包，同时他感到疑惑："我的提问已经震动她了吗？"

　　"你要出去了？"妻子的态度是严肃的，"秀树怎么啦？"

　　琢治转过身来对她露出了温柔的微笑，她多年来一直分享着他的苦与乐。"我们今晚谈谈这个问题。"

　　她点了点头。

　　"在这以前考虑一下。"

　　"好的。"

　　她陪同丈夫走到前门，并把皮包递给丈夫，当他穿好鞋后，她说："我想秀树也应当上大学。"丈夫没有回答。"是什么使得你单单为他考虑这样的事情呢？"没有回答。"有些孩子是不声不响的。不但那些引人注目的和表现出才气的孩子会成为取得伟大成就的人。那些童年时代无声无息的人往往……"

琢治听着妻子的严肃的言词,她的声音则使他想起她的出身和教养。而且,他感觉到她作为一个母亲的自豪和力量。每当她的嘴说了一句话之后闭上时,就会准备说出下一句自信的话:"……而且我们应当对自己的所有孩子一视同仁。我们不能对他们中的某一个持不公平的态度。"

"好,我理解你的看法。今晚让我们来谈谈这问题。"他说着,就离家走了。

于是他认为:他妻子说的话是正确的,而且说得很好,但他自己的想法也不错。让孩子们找到最适宜于他们走的道路是做父母的责任。小川家曾不知不觉引导孩子们成为学者。毫无疑问,他们只想到将孩子们培养成为学者,而孩子们或许也早已接受了这一想法。但是现在孩子们一个一个地从少年时期进入了青年时期,因而他们更加了解自己的个性。安排他们走同一条道路是正确的吗?父母有那种权利吗?

琢治有一个时期想把他的三儿子秀树送往一个技术学院。秀树作为一个学生并不像他的两位哥哥那样出众,而为了这个理由,小川认为还是让他走一条不同的道路为好。这样做并非不公平,因为即使他的五个儿子要走五条不同的道路,只要每条道路都是适宜的,这仍然是公平的。事实上,不管各人是否喜欢,一概强迫他们走同一条道路,倒是不公平的。

在那天,琢治发觉,他比平常花费了更多的时间来考虑孩子们的事情。事实上，他越来越需要花费更多的时间来想孩子们的事。他能够看到他们正在走近十字路口，将要步入他们人生中决定性的阶段。如果他简单地对他们放任不管，那么不管他认为他们的判断力和智慧有多么高，他作为一个父亲总是失职的。

长子去上东京大学基本已成定局。次子从第三高级中学毕业后也可能进京都大学。四子、五子时间还长。目前的当务之急是三子秀树的问题。琢治认为，送秀树到技术学院去的想法，是他作为一个父亲认真考虑的结果。

那天晚上，小川夫妻没有时间讨论秀树的前途问题。第二天也不是时机。他们本能地感觉到，这不是能强行抽出时间来加以讨论的一件事。如果夫妻双方对问题考虑得不充分，那么在他们之间就有可能产生奇妙的对立。由于双方都是从善意出发的，因此这种分歧反而就更难解决。

有一天黄昏走出研究室，注意到红砖的古旧色彩，琢治走过白杨树来到校园的边缘。有人从背后叫他："小川先生！"琢治转过身来，看见了第一中学的校长森外三郎。

"你现在回家去？一直很忙吧？"他们开始一起走着，琢治就说："我的孩子们总是给你添麻烦。"

"不！不！"森校长否认道，"他们都是好孩子。"

琢治看了看森校长的脸，他的口气是清楚而直率的。琢治心里闪过一种念头：和这位校长谈谈是一个好主意。

他们默默地走了十几步，然后琢治望着面前的房屋开口说话:"你很了解我儿子秀树吗?"

"啊,很了解。"

一辆涂着鲜明颜色的电车慢慢地在他们眼前溜过。白墙反射了夕阳的光辉,明亮耀眼。校园里的树木是安静的,而且树叶闪烁发光。学生们从他们身旁走过,有些听过琢治讲课的学生还不时地向他脱帽致意。

"关于让他朝哪一个方面发展的问题,我有点犯愁。"

"你说的'方面'是指什么?"

"他高中毕业后,我应当送他上大学还是……(沉默)……还是让他进技术学校。"

森校长没有立即回答,而是抬头望着天空。一缕经夕阳染过色的云彩像是在淡蓝的天空上画上了一笔。

"小川先生,"森校长终于说道,"我不理解为什么你竟然这么说。一个具备有像秀树这样才能的少年是非常罕见的。"

琢治开始说话,但森校长打断了他:"请等一下。如果你认为我只不过是在奉承你,那么让我来收养这个孩子。我教过他数学,他的脑子动得很快。他思维敏捷,不同寻常。除了在成绩单上看到的外我不了解别的课程,但就数学而言,也许你不喜欢这样的措辞,但他却是有天才的。我将坚持这一点。他将来会具有一种高度的才能,但我却无法相信你还不知道这一点。"

琢治抬头望着天上的云,现在红得像燃烧的火焰,正在飘流着,显得很美,而他却在心中说道:"我知道。"

旅人

第八章

青　春

第三高级中学就和第一中学一样古老。明治二年（1869年）5月1日在大阪大手前创办的舍密局是其前身。这样算来，至今已成立90年了。此后它曾多次易名。明治十八年（1885年），该校迁移到京都，而它取名为第三高级中学则是在明治二十八年（1895年）。这所学校恰好在第一中学的北面，而且早在第一中学之前，它就以"自由"作为校训了。所以，从地理上和心理上来说，进入这个学校只不过是一个进入邻家的问题。入学考试并不成问题，我并不担心这一点，因为我在做数学题时做得很好。

大正十二年（1923年）4月，我进了第三高级中学，那时我是16岁零2个月。校长是森外三郎先生，他曾任过一中校长。事情是这样发生的：一年前，我还在读中学四年级时，第三高级中学的学生闹罢课。新任校长金子先生解雇了许多老教师。这样做被认为是一种不近人情的行为，即使金子校长可能有这样做的理由，但有人怀疑他会把"自由"这一校训改成别的什么东西。学生们在"为了我们老师"的口号下团结起来了，校友们也支持他们。社会舆论也同情学生们和被解聘的教师们。

当时我的二哥茂树刚进第三高级中学不久。他决意要跟高班

旅人 117

同学们一起呆在学生宿舍里，所以那晚他没有回家。父母放心不下，父亲更是出于为人父和为人师者的双重的忧心，深夜赶到了第三高级中学。因为某种理由，我也跟他去了。我们立等在校门前。然而，校门不开，父亲就隔着校门和一位学生代表商谈。在暗淡的灯光下，父亲的脸显得很严峻。我记不得对话的内容了，也许我根本没有听。显然，我没有去想罢课的含义，而仅仅是陪同父亲来而已。我是多么的无动于衷！

那晚父亲和我虽然未能见到二哥，但罢课很快就以学生一方取得无条件的胜利而告结束了；无一人受到处分。那年夏天，按学生们的要求，金子校长被调走了，森校长后来就从第一中学被调来任校长。翌年春，风暴已过，我进了第三高级中学，被编在理科甲班。

当时的高级中学，理科有甲班和乙班之分。甲班以英语为第一外语，以德语为第二外语。而且有"力学"这门课，但没有"生物实验"。这样一来，就跟大学的理学部（特别是数学、物理、化学）以及工学部对上口了。乙班以德语为第一外语，有生物实验课而无"力学"课。于是，它就跟医学部、农学部以及理学部中的生物学比较对口。当我选定理科甲班时，这就意味着我已决定将以理学部中除了生物学以外的某一门学科作为自己的专业。

但是，青春比学习来得更早。听森校长在入学仪式上的训话，我觉得愉快。中学时代的厌世情绪似乎隐藏起来了。入学仪式结束后，我走过一条走廊，见到墙上有"棒球俱乐部""田径俱乐部"等字样的招贴。在每个招贴下面站着几个高班同学，他们正在努力吸收新的成员。我担心被拉进运动俱乐部，所以连忙匆匆地走过走廊。我不想参加任何俱乐部，但出乎意料，有人叫我的名字。我吃了一惊，当我转过身来认清对方的脸时，我又感到困惑。原来是我大哥的朋友吉江胜保，他有时也去我们家。"你是芳树君的弟弟吧？为什么不加入柔道俱乐部？"

喏，柔道不是我所喜爱的运动！虽然我在小学里善于相扑，但却不善于柔道；在中学里我们练过柔道。穿着柔道衣出现在练武场上的我，轻而易举地就被西村英一君等人制服；由于个子小，一倒地我就无法再起来，只得认输。在中学期间，我放弃柔道而学了剑道，因为作为正课我必须选择其中的某一种。这样，我特别不想参加柔道俱乐部。我很快就回答说我患有脚气病不宜学柔道（这并非纯粹撒谎，因为我确实有轻度的脚气症状，正在服用维生素作为治疗）。吉江似乎有些疑惑，但并没有再劝。我急忙逃离了那条走廊。

虽然我没有加入任何运动俱乐部，但是在那一学期初，周围的气氛还不允许我用功读书。曾有一个短暂的时期，每个人对于上课都是心不在焉的。

> 山上燃烧着红花，
> 岸边覆盖着绿色，

> 吟咏都市的鲜花,
> 月亮悬照吉田山。
> ……

我们忙于学唱许多的校园歌曲,而每一首歌都使我们心中充满了自豪。当我们面对吉田山而高声歌唱时,我们都仿佛感受到了火热的青春。

在第三高级中学时期,我的气质发生变化了吗?它的环境甚至比一中还更加自由和更加欢乐。我一时也似乎卷入了青春期的旋风之中,具备了当时三高学生的共同气质。不,我可能仍然显得与别的学生有点不同。当我3年以后进入大学时,我感到了疑惑:我在第三高级中学干了什么?我感到懊悔,竟浪费了3年时光。一方面,我后悔在3年中没有认真学习;另一方面,我又觉得自己没有能像别人那样充分享受青春的乐趣。这两种感受是矛盾的,但这是后话。

在我能够适应高中新生活之前,每年一度的5月1日校庆迫近了,整个学校都忙于做准备工作。长期以来,京都市对于学生十分优待,而第三高级中学的学生尤其是天之骄子。我后来才发现那时有这样一种说法:"到你有出息了的时候再还钱。"例如,一群敝衣破帽,甚至可以说是言行粗俗的第三高级中学或京都大学的学生,可以欠一家饭店的钱,而店主却说:"到你成为富人和名人时再来还钱吧。"一般地说来,市民们非常尊重学生和他们的才智。也许尊重人类知识的京都传统转变成了偏爱三高学生的素朴感情。在校庆会上，学生们向京都人士显示他们的青春；他们曾热切地等待着这一天的来临。那天穿着美丽的年轻女性（用三高学生的话来说，就是"mädchen"，即姑娘）成群结队，五光十色。为了款待绅士们和淑女们，各班在操场周围搭起了帐篷，并开办了简易的饮食店，供应咖啡、软饮料和食品。赚到的钱被用来支付化装游行和别的娱乐活动。餐券是在饮食摊上使用的代价券，每个学生应当负责事先推销一定数量的餐券。

  在4月底的一个阳光照耀的午后，我和另外几个同学上了街，我们都决心推销我们的餐券。由于它们仅仅是在校庆上用的餐券，因此这项工作就不像今天的学生干零活那样严肃。然而，行人们不愿买餐券。我跟在伙伴们后面，却不敢接近任何陌生人，我简直没有出售餐券所需要的那种傲慢无礼的神气，从而也表现不出具备推销能力的自负。我只是向前走着，不真正指望会发生什么。我既不爱打扮，也不衣衫褴褛，因而尽管我乐于作为一个第三高级中学的学生，但是我却不能使自己接受全部的青春娱乐。我并不否认朋友们的行动，但我绝不带头。至于餐券，我想倘使自己去请求母亲，她会处理的。我真想回家去，不再在街上兜售了。17岁的我，依然残留着孩童时代的羞怯。

  我们走过平安神宫来到冈崎的运动场。那儿有一场棒球赛，有些人正在观看。我的伙伴们在棒球场周围走来走去，向观众们叫卖，但连一张券也卖不出去，他们开始焦躁起来。我一个人落在后面，正在这个时候，有一位年轻妇女走近我，也许她听到了我的同伴们的叫卖声。她看着我手中的纸片，问道："这些是什么？"我突然感到精神起来："是校庆的餐券。"

"我买一些。"她掏出钱包，我递给了她几张餐券，伙伴们不敢相信地瞪眼看着，他们的表情流露出惊讶：我果真卖起餐券来了！但甚至在那样的时刻，我也不能感到自豪。我对同伴们和买了餐券的人感到内疚，我想到了"不劳而获"这句话。由于我有这样的想法，因此我再也没有出去卖过餐券。

校庆的准备工作正在顺利地进行着。学生们把每个寝室房间都装饰起来，主题往往是紧跟时事的社会讽刺性的。5月1日，是我作为第三高级中学学生而经历的第一次校庆的一天，校园里到处是来宾，宿舍特别拥挤，难以进入。好不容易挤了进去，则听到笑声搀和着惊叫声和批评声。有些房间漆黑一片，人们紧张地等在那儿；突然，出现了一个可怕的骷髅，一些年轻妇女被吓得尖叫起来。

在宿舍外面有许多食品摊，学生们充当伙计在忙碌着做生意。同时，操场上有化装游行。有些化装富于讽刺味道，但许多化装相当孩子气。其中像"大江山抓鬼"之类的玩意几乎是小学生的游戏。一个戴大面具的扮作恶鬼酒吞童子的男孩领着他所抓到的少女们在操场上走来走去。

我们班想表演"宽永御前比赛"这一富有说书趣味的化装游行。我们有些人扮演武士，有一个人扮演三代将军家光。还需要几个人扮演宫娥,为此,挑选了几位女演员,她们戴上假发,面敷白粉,娴静地在操场上走来走去,身后拖着长长的和服。这些服装都是从一家租衣店借来的。川崎近太郎君从上一中以来就是我的朋友,他是在化装游行中扮演宫娥的人员之一。我也被选中男扮女装,但我拒绝了,说这是绝对不行的。思考一下我认为这是绝对不行的原因,今天看来则是有趣的。那时的我不仅是一个天真烂漫的和脱俗的少年,而且我由于自己的家庭背景也不能轻而易举地适应这种环境。我那时扮演的是扛旗子的次要角色,穿制服就行。

校庆这一天转眼就过去了,来宾们渐渐散去了。吉田山沉浸在暮色之中:

> 樱树嫩叶风中吹,
> 暮色清清五月天。
> 山峰已逾三十六,
> ……

学生们唱了校庆歌,并在操场上翩翩起舞。这是青春的爆发,是爽快的跳跃,是年轻生命的燃烧。我也和同学们肩并肩地跳着舞,从操场的一头跳到另一头。那天我才开始知道啤酒的味道。

校庆终于过去了,但是我们仍然静不下心来学习。暑假里将要与东京第一高级中学进行校际体育比赛。啦啦队已经组织好，队长是劝我加入柔道俱乐部的吉江胜保。在我自己的班上，南野辉胤君非常热心；自从入学以来我就和他交上了朋友，所以我也成了啦啦队的一个成员。啦啦队的组织者们等候在校门口，想组织放学回家的学生们去为棒球队鼓劲。每天，约有10个学生聚集在操场上，敲着大鼓，挥动着红旗，为选手们加油。附近站着一些不是学生的旁观者。

当时一高对三高的体育比赛激发起了一种今天无法想像的高度兴奋。青春似乎就在它附近结晶。大鼓是从邻近的神社里借来的。为了找到一个合适的鼓，我们班最后去了比睿山另一侧的坂本。大约有15个同学轮流扛鼓，晚上回家时我的双肩开始疼痛起来。

棒球练习和啦啦队练习逐日扩大。练习持续到初夏太阳落山和再也看不见球为止。大约就在这时，在受到警察警告以后，第三高级中学的啦啦队停止使用原来的红旗了，新的红旗上有白色的"三"字。

一高对三高的最重要的比赛项目是棒球。虽然还有赛跑、网球、划船和别的各种运动，但棒球输了的学校就要在明年到另一个学校的所在地去比赛，由此可见棒球举足轻重的地位了。

我进入三高的那一年恰恰是我们远征东京的一年。当夏季来临时，开始出现了宣传性的海报。它们不仅仅是为了与一高比赛，好像它们是年轻活泼的闪光，它们携带着各种消息。但是当临近远征东京时，宿舍门口等处的海报就与日俱增了。"消灭东夷"，要不就是"春天醉酒于东山之花，秋天沉迷于清谷之芬芳"。

8月下旬，我们去了东京，占用了夜车的几个车厢。我们的人数有好几百！去了这么多的选手和啦啦队，可见这一事件的重要性了。有几百面大大小小的旗帜和几十只大鼓以及别的行李，塞满了列车的通道。有些学生将席子铺在通道的地板上，席地而坐。从某一个角落响起歌声，立即唱遍整个车厢，接着下一节车厢也开始跟着唱起来。敲鼓打节拍。在烛光吊得很低而呈暗红色的深夜列车里，充满着年轻人的声音，从开着的车窗传出去，到达原野尽头引起了回响。

当时适逢8月底，列车内因夏日照晒已经是够热的了，但学生们的歌声更是热上加热，仿佛这热量是来自他们的青春热血。学生们脱掉上装，解开衬衣的扣子，他们晒黑的脸因汗水而闪闪发亮。随着热浪散发出一种动物的气味，而当我们唱得疲倦最后睡着时，我们已抵达东京了。比赛的热烈程度可能无需赘言了。在无情的8月份的太阳光下，白旗和红旗被挥舞着，大鼓被敲打着，歌声和叫喊声响彻了运动场。

这年，三高又遭失败。我累得要死，于8月31日回到京都家中。对于刚入学的新生来说，这意味着第一个暑假的结束。第二学期即将开始，而且可能已经有一些学生意识到要认真学习了。其他的学生也许以为这是另一个游玩的美好季节。我当时的想法是什么呢？我不记得了。也许比赛的兴奋还没有在我身上完全消退吧。

回到家里,我必须汇报两校对阵的战况。即使我疲乏得要死,和朋友也仍有话要说。当我最后上床时,已过半夜了。第二天虽是9月1日,但天太热而不能叫做秋天。将近正午,东京地区发生了一场罕见的大地震。

大正十二年(1923年)9月1日的关东大地震,连我们在京都的家都有震感。假若我们当时战胜了一高,我们很有可能在东京再多呆上一天。如果我们遭遇地震,那又将会发生什么情况呢?我会仿效父亲从事地质学吗?推测这种情况是无意义的,但我多半是不会以我父亲为榜样的。

然而,这却使我回想起(虽然在这里说,时间线上有点跳跃),我在三高读书时父亲曾劝我专攻地质学。我对地质学不很感兴趣,事实上它是我最不喜爱的学科之一。在三高我跟江原真伍先生学过地质矿物学,他是一位非常热心的老师。在临考前的几天,在地质矿物学教研室的一间房间里摆满了各种各样的矿物标本。学生们必须依次观察矿石并牢记它们的名称。考试时,在学生面前放了一些矿石标本要求加以鉴定。我很不善于此道,只能说出一些记不甚清楚的名称,而且往往是错误的。

另一方面,我父亲却天生就具备对自然物体和自然现象的观察力和记忆力。他用这些能力作为活跃自己想像力的基础。地质学、地理学和考古学都很适合于他。我知道自己的观察力和记忆力都不强，而我比较有自信心的倒是我的逻辑思维能力。我必须选择这样一种研究领域，在那里我能够把这一能力用来作为焕发自己想像力的基础。结果很明显，我只有选择做我已做了的事情。

然而，当我还是一个学生时，我正处在一种没有明显的眼鼻区分的"混沌"状态。有一天，父亲拿着一册厚厚的英文书出现在我面前。那是一本大学程度的地质学教科书，书里附有许多照片和图表。"读一读这本书吧，"他说道，"如果你觉得它有趣，你就搞地质学。"长子选择冶金，次子选择东方史。我的两个弟弟看来对自然科学没有兴趣，而父亲则认为至少让一个儿子步他的后尘也许并不是一个坏主意吧。

我按照父亲的指示开始阅读千页左右的书。大约就在那时，升上三年级没多久，报考大学志愿的调查表发下来了。我不假思索地在"专业志愿"一栏里填写了"地质学"。但是父亲的藏书却开始使我感觉到是一种沉重的负担，我开始怀疑自己能否读完它们。在父亲的书房里有很多这类书，而在不到一星期的时间里我就已经对它们厌倦了。我的兴趣比以往更加强烈地集中在物理学上了。父亲发现我不读他所推荐的书，但他却一句话也没有说。我虽有点感到歉意，但我已下定决心了。当第二次升学调查表发下来时，我毫不犹豫地写上了"物理学"。

人生道路在哪儿转弯或分岔，这是不容易预测的。即使关东大地震时我在场，我也不会选择走地质学的道路。然而，我不选择数学的理由显然是由于一件特殊的事情，但这也可能受到我无意识地等待着舍弃数学和选择物理学机会的思想的影响。

　　虽然我因校庆和啦啦队活动而分了心，但我仍然经常出入学校图书馆。我的内向性格养成了我的读书癖。我寻找难懂的书来读，但是这些书未必符合我作为一个人的发展。我的极端内向性格使我的视线避开了现实社会。尽管三高罢课时我走到了校门口，但对学生罢课却漠不关心，这仅仅是表明我性格的一个例子。

　　虽然我是啦啦队的一个队员，但我却没有考虑过啦啦队的意义。我一点也不喜欢啦啦队，但我也没有把批判的目光转向它。就这些事情而言，我只不过是一个孩子罢了。对于我来说，对数学、物理学、文学和哲学的理解的增长速度和我对现实社会的理解是不一致的。也就是说，在这两者之间有一个很大的差距，缺乏协调，不平衡。

　　当我把自己的青年时期与现代青少年的成长过程比较时，我对两者的差别感到非常吃惊。一句话，现代的青少年似乎早熟得多。现代青少年出生在一个更开放和更带刺激性的社会，因此他们成熟得更快也是理所当然的。然而，他们恐怕具有一种恰好和我的情况相反的不平衡性。这不是日本所特有的一种现象，因为所有的现代工业社会恐怕都有同样的问题。这些问题是起源于共同的背景、完全孤立地产生的呢，还是它们首先发端于某一个地方，然后通过有广泛影响的宣传工具传播到世界的其他地区的呢？

　　几天前，我和一位年轻朋友谈起过这一话题。他说："今天的年轻人也许会认为先生的少年时代是一个非常无聊的时代。"我问道："那么他们这些现代的、十多岁的高中生们满足于自己的生活吗？""当然不满足，"他回答说，"他们感到空虚。这也就是为什么他们要去干报纸上写的那些事情的原因吧。但是，先生的少年时代，太……"我打断了他："太幼稚了，甚至连去想也没有想到过？"

第九章

狭窄的门

一个人能不能在成长的同时保持完全的和谐呢？回顾起来，是不是每一个成长阶段都会显示出很大的不平衡呢？二次世界大战以后，当日本经济正处在最黑暗的日子里时，许多很年轻的人不得不忍受了社会风浪的冲击。他们在少年时代、青年时代就对社会逐步发生兴趣，是理所当然的。比较起来，我的少年时代至少对于我来说是相当平和的。父母亲供我上学读书，不需要像现在的学生那样去工读。当然，那时不是没有现代高中生的行为的一些原型。守旧家庭的父母称之为"不良"。虽然常听到像"不良青少年"那样的话，但是听起来还不太严重。甚至在第三高级中学也有这种"不良人物"。

另一方面，也确实有一些青年把批判的目光转向了他们所处的社会。他们无论在年龄上还是在性格上都比我老练。他们想必知道许多我所不知道的事情。但是我并不特别羡慕他们。

我把自己的几乎全部的精力倾注到阅读上，而且全心全意地去阅读，这在一个人的成长过程中肯定是不平衡的。这种倾向在一定程度上至今还保留在我的身上，而我却并不赞美一个人身上有这种倾向。但是，假定我不存在这种不平衡，难道这和我相当快地成为一个成熟的物理学研究者就没有很大关系吗？我不能相信在我从少年到青年的过渡阶段我的性格是完满的。也许这对于我是幸运的。

虽然我不了解周围的许多事情，但是我坚持阅读难懂的书。在三高图书馆我最初热心阅读的是哲学书。我的兴趣从老庄哲学转移到了欧洲哲学。当时主要流行的是新康德派，但柏格森哲学也很流行。像当时的其他许多日本青年一样，我喜欢西田哲学。然而，对20世纪物理学的一种好奇心开始转移我对哲学的兴趣。田边元博士的《科学概论》和《最近的自然科学》比任何纯哲学书更加吸引了我。

初中毕业以后我对数学的兴趣略有减退，因为不同于初中时可以全靠自己思索，后来所教的数学多少有点依赖于强记硬背。例如，在代数里就有许多公式非记不可，否则就学不下去。立体几何也是欧几里得几何，所以它的理论是清晰的，但是我认为教这门课的老师有问题。

立体几何老师的讲课是有条理的，我也承认这一点。但是，如果不是所有的学生都逐字逐句地做笔记，他就会发脾气。而且他讲课速度很快，跟上他则需要高度集中精力。在进第三高级中学之后不久，在这位先生讲课期间，有一次我停下了手，因为我没有听清一部分的讲课内容。也许这是因为我不习惯于做笔记的缘故吧。

看到我的手停止不动，他的目光就变得忿恨不满，生硬地问道："小川君，你在做着什么？"全班人都停下手中的笔不写了，用惊异的目光注视着我。我低下头，再次握起笔来在纸上准备写。当时，先生对于他的一句话引起学生们的震惊完全置之不理——不，他对此感到满意——继续以一种更快的速度把课讲了下去。我留下二三行空白，拼命地写。那时，我连对先生的过度严厉表示不满的机会也没有。然而，课后我却无法理解为什么我该受到如此严厉的对待。那不是数学，倒更像是军事训练。

我有一个同班同学患有心脏病，他不能这样快速记笔记。也许他已受到医生的警告不能太用功，也许他不想缺课，尽管他应当在家里休养。为了理解讲课内容而记笔记并不总是必要的；有些学生能够当场把握要点。总之，他听任何课都不记笔记，而是仔细地听讲。

然而，在上立体几何课时，先生仿佛是受到了这位学生的侮辱，而且这一次他不是骂几句就算了。这位学生静静地站在座位旁，他想为自己辩解几句，也许他认为任何人都会理解的。但是先生却气得不可理喻，完全不听他的话。"你用不着辩解了，"他说，"因为你从今以后不必来听我讲课了。"

这位学生脸色变得苍白，意识到了事情的严重性。不必来听课就意味着他通不过这门课了。如果在开玩笑中说这样的话，那么就连一个新生也会有兴致地笑着回答说"是，先生"，但是这次情况却很不妙。这位学生改日到先生家登门想诉说事情原委，

旅人　　135

但却吃了闭门羹。同学们都同情他，而且都对先生的行为表示愤慨。

一高和三高对抗赛结束后，第二学期很快就开学了。虽然京都周围的群山依然穿着夏装，但是学生们聚集在一起，走过陈旧的校门，彼此"嗨！嗨"地打着招呼，这时他们仿佛带来一种秋天的新鲜空气，他们的话似乎洋溢着青春的气息。他们当中有一些人整个夏天都呆在京都，而另外一些人则从故乡回来，脸晒得黑黑的。有许多话题要谈，学生们高兴地谈论着他们的暑假生活，他们心中充满了各种希望。但是当上课铃声响时，他们的心中却涌现出吉凶莫卜的想法。

新学期第一天上课，每个教师都宣读了上学期不及格或得"警告分数"的学生姓名。60分以下是不及格；60分和70分之间是警告分数。在读出名字之前，有些人就预期到自己不及格了，而也有许多人并不知道自己的分数是在这临界分数线以上还是在以下。在立体几何课上，先生宣布说："以下这些人得警告分数。"而且他还扫视了一下教室，同时迅速地读出这些人的姓名。当我听他读到"小川"时，我无法相信自己的耳朵，因为我以为自己考得很好。我不能相信，我敢肯定是搞错了。至今我还能回想得起我当时的惊讶！

直到先生将考卷发下来时为止，我一直在怀疑自己听得不对。在我的考卷上，3道题目中的第三题确实被批上了错的记号，于是我的总分就成了 66 分。我迅速地检查了自己的解答，发现我的证明是正确的。为什么它却被批为错呢？我请教我的朋友们，他们认为我的证明是对的，但有一个同学说："你必须用老师课堂上讲的方法来证明它，否则这位先生就会批它为错。"

因此，我不能提出抗议。我记不得老师的证明方法，从而就用另外一种方法来证明了那条定理。然而，我发现自己的证明并不错却感到放心，不再去计较分数了，但是我却无法克服我对数学已经产生的那种消极情绪。使得我如此快地脱离数学道路的，正是这位先生的评分方法。少年人一怒之下决定自己绝对不想成为一个数学家了。一种必须始终按照教师传授的方法来解答的学问——他不愿献身于这样的东西！

数学家的世界从我的眼里消失了。我偶然碰见这样一位老师也许是一次命运的摆布吧。无论如何我都承认，要想成为一个科学家，数学是重要的。后来当我学习微分和积分即所谓高等数学时，我对数学的兴趣在某种程度上得以复活。实际上，我还在上中学时，大哥芳树曾教给我微积分基础知识，所以我觉得高等数学并不很难。很久以后，我发现数学是一门有趣的学问，我知道在数学中也有创造性活动的乐趣。但我依然很高兴自己没有成为一个数学家。我在思维的飞跃中找到了自己的乐趣，而并不太喜欢用严密的逻辑推理来进行论证。而且，作为理论物理学家而被理想与现实之间的差距所苦恼，这是符合我的性格的。在我的手中，除了数学之外，还有几张牌也是迟早要放弃的。我必须放弃工科，理由之一是我不善于制图，尽管还有别的更有力的性格上的理由。

在第三高级中学教制图这门课的是福田正雄先生，他通常是彬彬有礼的，但有时也很俏皮。班上有一位学生名叫山本正吾，是我的一个好朋友。有一天上制图课，先生打开门走出教室到走廊里去了，学生们都在忙于制图。制图教室很宽敞，比别的教室大一倍，里面排满了大课桌。突然，从教室的前方冒出了一句洪亮的歌声："啊，苏珊娜，你别为我哭泣……"歌声在大教室里回荡，这是山本君在边唱歌边制图。这使得寂静的教室引起了一阵骚动，有人不禁笑出声来。"安静！"有人说。另一个人则说："山本，出去！"当他唱完第一节歌词时，我们听到远处有人说："真妙啊，山本君。"福田先生站在教室门口，笑嘻嘻的样子。

山本君有时拉我上街。有一次我们去新京极的电影院观看塞西尔·B. 德米尔导演的《十诫》。主演的名字已经不记得了。这是自从外祖父带我观看松之助的古装片以来我所看的第一部影片，所以它给我的印象很深。然而，我对到新京极去过这件事感到内疚。

教制图的福田先生留着小胡子，而且他的脸并不严厉，但他仍使我感到不舒服，我觉得制图课的时间特别长，没完没了。我们用鸭嘴笔在一种叫做沃特曼纸的厚纸上划线。我没有自信心，不断地拨动墨水和弄尖鸭嘴笔——想方设法消磨时间。笔要是太尖，纸就会像被刀割过似的。笔要是不够尖，墨水就会玷污直线的两侧。我曾经感到我非离开教室不可，因为时间似乎太长了。当我从操场上散步后回老师时，我发现笔中的墨水干了，先生就站在我的课桌旁，我出了一身冷汗。

当交制图作业那一天即将来到时，事情就变得相当糟糕了。我用擦墨水的橡皮擦掉错误，重新画，却又出现了另一个错误。我再擦掉——再出现一个错误。最后，厚厚的沃特曼纸几乎出现了一个洞。我终于画完了，小心翼翼地将作业交给了先生。他将我的作业拿起来对着窗户看，说："哎呀！我能照得见比睿山了。"我的制图课程没有考不及格的惟一原因是我在学期末通过了笔试。

准备在大学里读工科尤其是读建筑学的学生是很善于制图的。我不能理解为什么他们的制图能力会比我强那么多。我从小时候起干任何事在开始着手干时从没有顺利过。当我意识到自己的笨拙时，我越发感觉糟糕，而且想到还有许多人在盯着我看，那就还要糟糕得多。我之所以不能够做最简单的单杠动作的原因，也许是因为我从一开始就不能在众目睽睽之下做这些动作。我在制图上的困难并不单纯是由于笨拙而引起的。

然而，在我越过最初的障碍以后，我就能够坚定不移地向前迈进了。当然，道路并不总是越走越宽广的。有时它是狭窄的，或者是要爬陡坡的。但是，一旦我已通过了某一地点，我就决不会走回头路。我能否跳越过最初的障碍主要取决于我自己的爱好。我小时候不爱吃某种食品，而且不能理解为什么大人们认为像大头鱼和鲷这样的鱼是美味可口的。我则更爱吃干沙丁鱼和咸鲑鱼。我喜欢吃马蚕豆和大豆，但不大爱吃别的蔬菜。直到很久以后，我一直不吃苹果和西红柿。在离开小学之后，我开始懊悔自己顽固的偏爱和狭隘的思想。但是在我的内心深处，仍然有某种因素总是使我选择一样东西作为自己最喜欢的东西——不管它是什么，它是不受我意识控制的。

在第二年，物理学课程开始了，我发现它要比中学物理学有趣得多。在第三高级中学长期以来就有一位著名的物理学教师森总之助。但当我开始在那里学物理时他已到国外去了（高中教师出国是一件相当罕见的事）。我们是跟一户、吉川两位先生学习物理的。吉川先生使用的是由美国人达夫编著的英文教科书。它在每章后面都附有典型习题，于是我就开始尽可能快地解这些题。

我还没有下决心献身于物理学。虽然留给我选择的道路正在逐步减少，但是道路还不止一条。我如此热心于解习题，不仅是因为我对物理学的兴趣，而且还因为我急于想测试一下自己的能力。我解完一道题之后，立即又做下一道题。这使我充满了只有完成了困难任务的人才会有的那种不可思议的快感。

就物理学而言，我从来不必专门为考试而学。许多学生试图在临考前解这些题，但他们没有足够的时间。大约在考期前的一个星期，许多同学就一个接一个地来问我解题方法了。逐个地为他们说明同一道题是很费时间的，我心里感到烦恼。当时有人建议将所有的学生召集在教室里，由我给他们讲课。这简直是胡闹！

由于我的性格内向，因此至少在表面上我显得比较为难，但是我也感到有点得意。我站在讲台上面对着二三十个同班同学，在教师用的桌子上打开教科书，拿起粉笔，并且环顾了一下周围。每个人都很严肃。我刚过17岁，但这些听讲的同学的年纪要比我大。有些人二十几岁了，有的人下巴上有了明显的胡子。就我而论，他们都是大人了。我感到了一种神秘的优越感，我开始在黑板上写起字来。然而，我在物理考试中却没有取得满分。显而易见的原因是我没有死记硬背，但这也是由于我记忆力差所造成的。

我对实验工作也相当认真，但是当它占用很长时间时，我就想快点结束它好回家。有一天下午，我们正在做测量U形玻璃管内蓝色硫酸铜溶液的电阻的实验。我至今每当看见蓝色的霓虹灯招牌时，就想起这种美丽的颜色。难道这次实验是如此难忘吗？它并不特别困难，只不过是一次可笑的错误使得硫酸铜的蓝色令人很难忘怀而已。我的实验合作者是大石二郎君。我们逐渐增加硫酸铜溶液的浓度，而且每当增加浓度时，我们都测量电阻。这过程必须被重复多次，看来它需要花费很长的时间。"我们不能想办法来加快实验吗?"我问道。但大石君只是歪着头。我就在桌子上放了另一根U形管。"如果我们使用两根U形管,我们就能较快地结束实验。"

我们进行了分工,一个负责测量电阻,另一个负责把下一次测量所需要的溶液灌入另一根U形管。这样一来节省了大量的时间,实验进度加快了。然而,我们却发现自己正在得出非常出乎意料的结果。本来当我们增加浓度时,电阻应当减小,但我们的结果却不是这样!电阻随着顺序读数交替增减。这究竟是怎么搞的?我们面面相觑,困惑不解。不管我们怎么绞尽脑汁,都找不到测量技术上有何差错。时间无情地过去了,做别的实验的同学们都回家了。窗外天开始黑起来了,远处建筑物的窗户开始亮起灯光。风也刮起来了,而我们的实验却完全陷入了迷途。

"啊!"我最后惊叹道,而且几乎同时大石君也说道:"啊!"我不知道是谁首先明白过来的。"你知道答案吗?""知道。"我们终于想到了与电阻有关的"欧姆定律",而且比较了两根U形管。一根比另一根明显的粗。这样,读数当然就呈现为增减交替了。"太荒唐了。"大石君说,但我太沮丧了,以致一句话也说不出,只有对他苦笑而已。我生自己的气,居然连这样明显的事情也觉察不到。

虽然我有时要犯这类错误,但我并不因此而讨厌物理实验。我对物理学的兴趣逐渐加深了,因而我变得对于在学校里所学的那点物理不满足了。我开始经常出入当时位于三条路的"丸善"书店的京都分店。

丸善的进口书籍的书架是按学科分类的，我总是流连忘返于数学和物理学这两部分。有一天，我在物理学部分的书架上发现有一本叫《量子论》的英文书；原作者是德国物理学家弗里茨·赖歇（Fritz Reiche），该书是德文原著的英译本，我买下了它。以我那只有高中物理水平的知识，要完全理解量子论是困难的。尽管如此，或更确切地说，正由于它很难读懂，我才发现此书比我读过的任何小说更为有趣。

1900年，德国物理学家马克斯·普朗克发现了自然界中的一种完全预想不到的不连续性。这种不连续性一举打破了"自然界没有飞跃"这一从古希腊哲学那里接受下来的、经过莱布尼兹而在现代物理学中被公认了的观念。普朗克的量子论对被认为到19世纪末已臻于完善的经典物理学的打击是强有力的。但是破坏业已完成了的、壮丽的建筑物，并在它的废墟上建造起一个新的建筑物，却是一件极端困难的工作。

无论是普朗克本人，还是在1913年把普朗克量子论应用于原子结构问题中而取得伟大成功的尼耳斯·玻尔（Niels Bohr），都不想破坏整个建筑物。相反，他们希望尽可能多地保留原有建筑物中能够利用的部分而加以改建或改造，而不是从头建起。今天，我们把那一时期称做"旧量子论"或"早期量子论"时期。改造的工作进行得并不顺当，因为刚堵住一个漏洞就会又出现另一个漏洞。不知不觉 20 多年的岁月过去了。在年轻的物理学家中间开始出现了不满足于内部修改的人，从而一个新结构的计划就开始形成了。

我读赖歇的书的那一年，大正十三年，即 1924 年，恰恰就是从旧量子论过渡到新量子论——今天的"量子力学"——的一年。大约与此同时，法国的德布罗意（de Broglie）即将着手发表他的"物质波"理论了。当然，赖歇的书没有包含任何新发展的内容，而我本人也对它们毫无所知。不过我仍然能够感觉到理论物理学正处于一种暗中摸索的状态，到处有矛盾，真可谓一片混沌。

赖歇的书是以如下这些话来结尾的：

> 在所有这些问题上，今天盘旋着一种神秘的迷离性。尽管在我们面前摆着大量的经验的和理论的材料，但是将照亮这种迷离性的思想火焰却还没有点燃。让我们希望，我们这一代所做出的巨大努力将获得成功的这一天为时不会太远了吧。[1]

---

[1] Fritz Reiche, *The Quantum Theory*, 由 H. S. Hatfield and H. L. Brose 英译（New York: E. P. Dutton, 1923）。

在我至今已有50年的一生中，我还没有从一本书中受到过比从这本书中所受到的更大的刺激或激励。我现在不再拥有这本书了，因为大约在20多年前，我为了买新书而将这本书脱手了。这是很遗憾的，但是我的内心深处却仍然保留着当时的快乐记忆。

虽然我和赖歇的《量子论》分手了，但是在我的书房里仍然藏有能够唤起旧时记忆的许多外文书。透过我的书橱的玻璃门，我能够看见一套5卷本的德文书，这就是马克斯·普朗克的《理论物理学》。第一卷和第三卷的封面是灰色的，是在廉价纸上印刷的，就像第一次世界大战后在德国出版的许多书一样。第二卷、第四卷和第五卷出版较晚，它们的纸张质地较好，而且封面是红色带烫金文字的。

但是，引起我的一种重要记忆的恰恰是印制粗糙的第一卷。我读完赖歇的《量子论》后不久，当我在寺町路散步来到丸太町路的拐角处时，我看到一家书店的招牌上写着"德文书籍"。当时的高中生对德语特别喜爱，例如，在交谈中插入像mädchen（女孩）和onkel（叔父）之类的单词，在当时已成为时髦。当时对于风靡世界的德国科学也抱有敬意。

一进书店，我立刻就看了普朗克的《理论物理学》的第一卷。内容是"力学"，相当于大学低年级程度，看来我是能够理解它的。由于作者是我所尊敬的大学者马克斯·普朗克，我发现自己走在回家的路上比往常要走得快。我一进入自己的房间就开

旅人

始读起这本书来,而且意外地发现我能够很容易地读下去。它写得使人能够掌握基本思想,而且由此出发的叙述也显得条理清楚。我读着读着,开始比过去更加喜欢普朗克了,而且对量子论也更加尊重了。

很久以后,我变得有点不满足于普朗克的思想——它太简单和直截了当,以致不允许有更多思考的余地。然而,他总是全面地思考问题,一直到他本人满意为止——这却唤起了我的敬意。在我19岁到20岁之际,我对他的简单而又直接的思想感受到一种强烈的共鸣,而且想到我和这位伟大的科学家有某种共同的地方,我感到非常荣幸。

普朗克是柏林大学的一位教授。昭和十四年(1939年)的夏天,我第一次去欧洲时,在8月份,我曾在柏林度过了两个星期。我有时在柏林大学附近散步并想到普朗克教授,我想在暑假结束时去拜见他。但是,战争的爆发却使我离开了德国,就这样命运剥夺了我会见普朗克的惟一机会。后来,我有机会见到了曾经建造20世纪理论物理学大厦的所有其他的主要科学家,但是我因为从未见到过量子论之父普朗克而感到遗憾之至。

在高中三年级时,我在学校也学了力学,教师是堀健夫博士。堀先生是光谱学方面的一位杰出研究者。所谓光谱学,就是分析来自受激原子和受激分子的光谱以期发现原子和分子的结构的一门学问。光谱学曾是早期量子论发展的依据。正如今天核物理学占据着舞台中心一样，当时光谱学是占据了舞台中心的。堀先生的力学课具有一种身在第一线的科学家才有的那种活气。在理科乙班，大多数学生不听力学课，而只有少数的学生混在我们理科甲班的学生中听力学课。在这群人中间有朝永振一郎君、多田政忠君、小堀宪君等。当我们做力学习题时，我发现他们全部是优秀学生。我很快就发现朝永君比我所认识的任何其他朋友都要聪明。

从此以后，朝永君和我就要走同一条道路了。有这样一位杰出的伙伴是多么富有刺激性和挑战性！如同父亲早先批评我的那样，我有一股顽固劲。我力图巩固自己的想法，而有时我在觉察到以前会做得太过头，有时我飞跃得太远。朝永君很少犯这样的错误，他是知道界限和产生好想法的那一种类型的人。对于我，他是我的一个最难得的伙伴。

虽然我已详细地写到了自己受教育和读书的情况，但实际上我作为第三高级中学的高班学生是相当轻松的。我有时参加班际运动比赛，玩棒球和橄榄球以及划船。在这些活动方面我都不是能手，而且我从未参加过任何运动俱乐部。我根本没有被培养成一个选手的"危险"，但作为一个业余爱好者参加体育活动却是有趣的。我们班曾取得学校橄榄球比赛的冠军是因为宇野庄治君在三局比赛中表现活跃，我被拉来充当前锋并列队争球。玩橄榄球是非常累人的。

临近毕业时，我决定进大学专攻物理。入学考试没有问题。跟今天不同，当时高中的入学考试是一大难关，而大学的入学考试却比较容易。在我那一年，报考京都大学物理系的学生比以往多了一些。除了朝永君和多田君以外，还有小岛公平君和木村毅一君。我们都在京都大学参加了入学考试，我数学考得很好。物理考试中有一个关于"劳厄斑"的问题，而我却记不得曾学过这些斑点。后来回想起来，某个人打算学物理却不知道冯·劳厄（von Laue）的著名衍射实验，我就会直冒冷汗。

第十章

结　晶

5月的一天,天气忽然就有了夏意,我步行去久违了的京都大学主楼。我通常是在基础物理学研究所度过每天的时光。研究所在北部校园内,恰好在今出川路对面南侧的主楼附近。然而,因为我忙,同时也懒得走出来散步,所以每天除非绝对必要,我一般从不跨出研究室的门槛一步。

在主楼办完事,感到特别轻松就顺便看看周围。正面是白漆的大门,马路对面对着大门的是大学的教育学部,亦即过去的第三高级中学旧址。我一边欣赏着古老的大树一边朝大门走去,我在大门前转过身来面对着我刚从里面走出来的主楼。它上面竖立着钟楼;两层楼的建筑物向两侧对称地延伸,墙面镶着赭色的装饰砖。

我们通常简单地称之为"主楼",但在这幢楼里除了有大礼堂、校长室和行政管理机构之外,还有法学部和经济学部的大教室。这幢楼房建于我还在上高中的那个时候,虽已历时30多年,但看起来还相当新。我凝视着钟楼,不禁思绪万端。当我进大学时,校长是荒木寅三郎。我想起了荒木先生那特有的大头。

在建筑物周围的灌木林中点缀着耀眼的白色小花,令人注目。就好像在中间洒入了白色的氧化锌颜料一般。在初夏的阳光下，玉兰树上花朵盛开。周围没有一个学生；下午显得是那么的宁静。30年前我当大学生时的气氛看来还保存着。我的大学生活就是在这里开始的。在钟楼的左侧，可以看到一幢二层楼的砖造的陈旧建筑物。在它朝东的中间入口处的上方挂着一块"工学部燃料化学教室"的牌子。然而，它过去是理学部数学和物理学班的教室。

大正十五年（1926年）4月，我的大学生活就是在这里开始的，但是这幢建筑物早在明治三十年（1897年）京都帝国大学创办时就已经有了。由于它在属于大学以前曾为第三高级中学所拥有，因此它的历史比京都大学更悠久。当时在这幢楼里从事过研究活动的诸位先生，我们曾经听过他们讲课的诸位先生，如今大多已不在人世了。教过我热力学的石野又吉教授、教过我电动力学的吉田卯三郎教授也不在了。我最亲近的玉城教授也不在了，他曾教过我力学。在当时所有的物理学教授中间，只有教光学的木村正路教授还健在。

我在京都大学的3年学生生活是比较单调的。在高中时我好歹还参加过体育运动和啦啦队。从我进入大学后所持的新观点来看，这些旧时的活动都显得毫无意义。在高中时，我多次改变过自己的志愿，但是当进了大学后，除了从事物理学研究之外的所有梦想就已成过眼烟云了。看来除了一心一意地走这条道路之外已别无其他选择。在这一点上，道路还没有什么坎坷之处。

我对那些岁月还保留着不少记忆。在我进大学时，父亲是理学部的部长。这一职位他是不想接受的。然而，因为大家都坚持劝他就任，他也就勉强接受了，不过有一个条件就是：他只同意任职一年而不是通常的任职两年。在入学仪式中，每个学生都要来到他所属学部的部长面前，在注册表上签名。我签名时，父亲安静地坐在写字台的那一侧，我觉得手足无措，尽管父亲已经开始对我很和蔼了。好转的原因至少部分地是由于他听到了园教授说我在入学考试中数学考得非常好。

京都大学理学部从那时起就采用了学分制，学生在3年中必须积累到一定的学分才能毕业。要求得到必要学分的课程并未严格规定，而是有一种所谓"典型科目表"，表明各门主课的最低限度的要求。学生用不着绝对按照典型科目表办事。这种具有灵活性的课程制度是非常适合于曾经受过一中和三高自由教育的学生的。因此，我听了许多的数学课，而不必为典型课程伤脑筋。在一个古老的、砖砌的建筑物的背后有一间阶梯教室，我常去那儿坐在教室的中间，聚精会神地记着笔记。我听数学讨论课也很认真。

负责微分和积分讨论课的是一位叫冈洁的年轻讲师。他是我的大哥芳树在第三高级中学时的同学，而且我早已听说冈先生是一个了不起的天才。这也就是说他具有一位天才人物的惊人记忆力和推理能力。然而，冈先生看上去不像是一个大学教师而更像是第三高级中学啦啦队的一个队员,他在西服的腰带上挂着一块肮脏的毛巾。他出的第一个讨论题难得可怕,远远超出了学生的能力。我坐在位子上如坠烟海,但同时我面对着这类问题的挑战却感受到了一种惊喜之情。

然而,我的兴趣很快就集中到新物理学即新量子论上来了。在1926年,物理学像是一艘在狂澜怒涛中颠簸着的巨舰。

新量子论的出现对世界物理学界产生了剧烈的影响,或者说物理学像是正在经受地震的一块土地。这种震动就连刚跨入物理学之门的我也感觉到了。进大学后不久,适逢学术协会主办的一次题为"物理学的今昔"的讲演会在京都大学召开。讲演人是东京大学的长冈半太郎。

我久闻长冈先生的大名,而且也听说他是日本最伟大的科学家,虽然我并不知道他伟大的理由。在有钟楼的那幢建筑物的大教室里,我倾听着这位伟大的科学家对着众多听众演讲。他给我的印象是非常深刻的,我觉得他是我所听说过的最伟大的人物。他说的在20世纪初量子物理学诞生以来的20多年中物理学正在经历一场深远变革的话,使我深深感动了。虽然他当时已60岁左右,但是他既有学生般的青春热情,又有渊博的知识,这一点给我留下了深刻的印象。我模糊地意识到,在我从赖歇的书中学到的旧量子论以外正在出现一种新的东西。

此后不久,我在丸善书店买到了一本德国新出版的书,书名是《原子力学》，作者是马克斯·玻恩（Max Born）。这是一本不到110页的薄薄的书，但内容全都是新的。当时，玻恩是哥廷根大学的一位教授，许多优秀的年轻的理论物理学家都出于他的门下。我进入大学的前一年，他的一个学生维纳尔·海森伯（Werner Heisenberg）在23岁时就提出了一种新的量子论。玻恩立即认识到它的价值，他和海森伯以及另一位学生帕斯夸·约尔丹（Pascual Jordan）一起发展了这一理论。这一理论将和另一理论即波动力学汇合成为今天的量子力学。

玻恩的书巧妙地说明了刚刚完成的——不，正在迅速发展中的——理论。对于我来说，新量子论尽管颇具魅力，但却很难。从那时起，马克斯·玻恩就成了我最佩服的科学家之一。在昭和二十四年（1949年）末，从斯德哥尔摩返回纽约的途中，我在苏格兰的爱丁堡停留以便拜访玻恩博士，他在几年前曾被驱逐出德国并任教于爱丁堡大学。在我们抵达火车站前面的旅馆时，前来迎接我们的那位老绅士就是马克斯·玻恩本人，他正像我所想像的那样。

学者有不同的类型，他们可以被区分为"硬"和"软"两类，马克斯·玻恩显然属于"软"的成分较多的那种类型。我认为我本人也是属于软类型的学者，这也许是我正无意识地在前辈的大学者中间寻找一位与自己性格相似的人吧。

我在大学的第一年里就成了新物理学的一位热烈的追随者。

这要比在高中体育比赛时当啦啦队员有意义得多。那时我对成为一个选手既没有能力也不抱有希望,但此时此刻情况却不同了。我也许能够亲自对新物理学的发展做出某种贡献。

当我是一个大学生时,我去东京通常是住在大姐香代子的家里,因为大哥芳树从东京大学毕业后已在东北大学谋得一个职位,搬到仙台去了。大姐夫小川一清是读工科出身,当时正在递信省的电气试验所工作,全家搬到东京郊外的大森。他是一个数学迷,一见到我,就要发表议论:"秀树君为什么如此爱好新物理学?数学不是更好吗?你能够在数学中证明你是对还是不对。"姐夫喜欢西洋音乐,而且他虽然练习谣曲,但是对除此以外的日本音乐却毫无兴趣。他喜爱那些纯粹的和明白的东西。

我有力地为自己的立场做了辩护:"这是因为你无法说出新物理学的结果将是什么——这一点就使它变得有趣了。"我们没完没了地争论着。

爱好文学的大姐也来听我们争论,但是当话题转到数学和物理学的优劣上时,她就微笑着说:"又开始吵了!"大姐的长子岩雄那时还小,所以他也许不理解我们的争论吧。30年后的今天,岩雄成了一个物理学家。但这并不意味着我在当时的争论中获胜了,因为男孩子往往不听父亲的劝告,我也曾经是那样的。

二姐妙子的丈夫武居高四郎从来不想和我争论。他以城市规划为专业,有野心勃勃的梦想和巨大的热情,这也许就是诱使父亲同意将自己的二女儿嫁给他的因素。在我进大学前后,妙子和丈夫以及许多孩子回到了京都。武居高四郎已成为京都大学工学部的教授：我们家再一次变得有生气了。

我们又搬过几次家。曾一度住在下鸭，但很快就搬到了塔之段①，然后又再一次搬到距离有四五座房屋远的一座住宅。这就是塔之段毗沙门町的白墙壁的家。父亲生平第一次买了一座房屋而不是租房住了，因而这座房屋就变成了他的最后的住宅。

塔之段这一地名好像是源于很久以前的相国寺的塔。在应仁之乱②的战火中塔被烧毁了，但是它的石台阶却还残留着。这地区已归属于相国寺，而且长时间以来一直被一片竹林所覆盖着。大约在明治三十年代或四十年代③，塔之段的竹林被砍伐而发展成一个新的住宅区。京都大学创办之初，几位教授在这儿造了房子。特别是建造了两幢带有土围墙的大房子，一幢在北端，另一幢在南端。北端的房子是水野敏之丞先生的家，南端的房子是村冈范为驰先生的家。他们俩都是物理学教授。

在我进大学以前很久，村冈教授就已退休并举家迁回故乡伊势了。塔之段的这幢房子已换了主人，后来由我父亲买下了。在1300平方米的场地的南侧和西侧，有几条小路。白色的围墙沿路延伸，过路人称之为"中国的万里长城"。比我父亲早一代的

---

① 意指"塔的台阶"。
② 发生于1467年至1477年间日本室町幕府时代的封建领主之间的内乱，开启了日本战国时代。
③ 1897—1911年。

大学教授建造一幢新房需要如此大的场地是可能的。在我的父亲那个时代，情况就不同了，甚至连买这所旧房子也相当困难。供众多的孩子上学读书需要大笔费用，而且由于父亲的兴趣是如此广泛，他不断地买进昂贵的古书、古董和刀剑。每买一次，母亲就要皱一次眉头。

就在买房前，母亲说："照这样的情况，我们一生一世借房子居住，到头来还是一无所有。现在虽有点困难，但我宁愿我们借钱买一幢房子。这样我们至少就会有房子了。"我当时还不很清楚我家的经济状况。但听了母亲的话，我开始认识到我不可能永远依赖父母了。可是，我应当做什么呢？我毫无具体打算，总而言之，我不能改变自己想学习物理的强烈愿望。我相信我们买房子是在父亲满60岁从大学退休前不久，但我不敢肯定。无论如何，我当学生时肯定是从塔之段出发走到京都大学去上学的。在大学的第一年，数学占用了我的很多时间。在物理学方面，我是从玉城教授的"力学"和石野教授的"热学"开始的。

玉城嘉十郎教授在黑板上写一手漂亮的西洋文字。矢量符号写得龙飞凤舞，这种书法正像是用美观的草书假名写的一首和歌。他总是穿戴得衣冠楚楚，甚至他的一举一动也给人留下他是一位英国气派的绅士的印象。事实上，他曾留学于英国剑桥大学。他精通流体力学和相对论，他喜爱古典力学和作为它的延伸的相对论的完善的美。当时还处于草创中的非常新的量子论似乎并不符合这位优雅教授的口味。

石野又吉教授喜欢使用德语，甚至他的容貌也长得颇像德国教授。他的"热学"课程的主要部分是热力学，这是我所敬爱的马克斯·普朗克使之臻于完善的学问。在费尽心思以便从热力学推出热辐射的特征之后，普朗克提出了量子论。因此，在许多方面，热学似乎比力学更与新物理学相近。在大学第三年，我将要开始接受一位物理学教授的个别指导。我有时模模糊糊地想到两年以后的问题，于是我就对自己说，无论是玉城教授还是石野教授，都是一个有诱惑力的选择。

一般说来，我的大学生活开始得不错。由于我从第三高级中学进入京都大学，因此我没有理由感到晕头转向，我在物理系的同学不到20名，其中包括我在第一中学和第三高级中学以来的4个朋友：朝永振一郎、多田政忠、木村毅一、小岛公平。在数学专业的学生中，小堀宪和森誉四郎是我的老相识。所有这些人后来都成了教授，而且他们至今仍在走着科学的道路。

在大学里不再有体操课和制图课了，也没有体育运动和啦啦队了。我能够学习我喜欢学的任何东西。在某种程度上，中学时代的厌世观到高中时代仍保留在我的身上。我常常感到抑郁，怀疑自己可能得了轻度神经衰弱。在大学里，这种感觉消失了，就像一张纸那样被揭去了。我的惟一问题是吹玻璃（我将在下文谈及它），但这已是无关紧要的了。

然而，我的前途还有一个小小的不确定性，那就是当时每个青年都必须接受的征兵体格检查。将近大学第一年末，亦即昭和二年（1927年）1月，我过了20岁的生日，到4月份我就要轮到征兵体检了。如果体检结果我被归类为甲种合格，那么大学一毕业我就得服兵役。想到自己的学习在关键时刻很有可能被中断，我感到不安。

有一天，天气已经很热，我被叫到体检站。我想不起那究竟是上京区市政厅还是某一幢学校建筑物。我首先接受眼睛检查，其余的检查也相当简单，因而我迅速向前移动，通过了别的检查。排在我前面的另一位青年也检查得很快，而且他看起来很面熟。原来是石野琢二郎君，石野又吉教授的次子。他在学校比我低一年级，在京都大学的医学部学习。正当我们互相致意时，两人一起站立在征兵官的面前，他查看了一下我们的文件说："丙种合格。"然后，他表情变得稍有点柔和，说："你们是年轻的大学生。虽然我们不能征用你们当兵，但是你们应当刻苦学习，并由此而使全世界知道日本。"

那时恰逢裁军时代，没有必要征调大学生入伍。大哥和二哥的体检结果分别是"第一乙"和"第二乙"。自从进大学以来，我没有参加过任何的体育运动，我把很多的时间用于在家里或在图书馆里学习；我的身体比在第三高级中学时瘦削了，脸色也更苍白了。我原先期望是"第二乙"，但是"丙种"却是出乎意料的。我不知道这是不是因为我的眼睛散光和近视。总之，由于征兵官的鉴定，我不必再担心服兵役的问题了，我将又可以过能够按照自己的爱好去学习的日子。

中国有句俗话说："天道不许人闲住。"① 我近来常想起这句话，因为每天都有很多的事情落在我的身上。为什么我总是被拉进我不想去干的事务堆里？为什么这些不可逃避的义务将我 10 倍和 20 倍地束缚住？与今天相比，天道也许是允许大学生时的我闲住的，或者至少看起来是那样的。然而，在较深刻的意义上，就当时的情况而言，我也没有被允许闲住，因为理论物理学的世界正在发生激烈的、不断的变化。

1926 年，我进大学的第一年，欧文·薛定谔（Erwin Schrödinger）提出了波动力学，从而在物理学界引起了轰动。两年前，当路易·德布罗意提出作为薛定谔理论的前驱的物质波理论时，并没有引起这样的骚动；但是这一次由于各种原因却有巨大的反响。许多科学家对海森伯理论的复杂性感到吃惊而不喜欢它，但没有真正理解它。看到薛定谔理论要容易理解得多，他们的兴趣就上升了。另一个理由是薛定谔的论文具有很强的说服力。物理学家们被激动了，而且日本也感受到了这种浪潮。我从教授们和高班学生的交谈中猜到了正在发生的情况，因而我觉得自己再也不能无所事事了。

第二年，我在物理学图书室里度过了自己的全部空余时间。我不需要充斥书架的旧书，而是想尽可能快地了解过去两三年中

---

① 可能出自清朝陈继儒的《小窗幽记》："人言天不禁人富贵，而禁人清闲，人自不闲耳。"

在外文杂志上尤其是在德文杂志上发表的有关新量子论的论文。当把这些论文找出来阅读时，我开始感到对于一个大学二年级的学生来说这有点太野心勃勃了。已经发表的论文数量相当可观，新到的杂志在图书室的陈列架上正越积越多。我手足无措，不知道从何处着手，而且我有一段时间抱怨论文的花样太多了。不久，我决定系统地阅读薛定谔自己的论文，因为它们在当时是最容易理解的。

在我书房里的书架上，在普朗克的 5 卷本《理论物理学》和玻恩的《原子力学》的旁边，我能见到薛定谔的《波动力学论文集》。在橘红色的封面上用黑字印着德文书名，封面纸已褪色了，书没有被弄脏，我没有用汗手去拿过书，但书却读得很旧了。当正在各种专业杂志上阅读那些论文时，我在丸善书店居然找到了一本将这些论文全都收集在内的书。从大学二年级到三年级初这段时间，我完全投身到薛定谔的论文中去了。他的论证是强有力的和尖锐的，足以使任何读者信服他的主张。像普朗克一样，他的理论是简单的和严密的，他力图贯彻一种"统一波动说"。

我在一年以前读过的那本马克斯·玻恩的书，强调了自然界的不连续性。也许在写这本书时玻恩期望过能够在包括空间—时间在内的一切事物中找到一种不连续性的要素。一年前，我曾想顺着这个方向前进。薛定谔指出了一个截然相反的方向，他强调自然界的连续性，并力图贯彻这一思想，亦即统一波动说。我被这一理论吸引了，在一年之内，我像钟摆那样从一边摆到了另一边。我逐步开始认识到，在这两种情况下，我都走得太远了。当然，早在我有这种认识以前，物理学界就已开始建造一种把自然界的连续侧面和不连续侧面结合起来、把海森伯的观点和薛定谔的观点统一起来的理论体系了。如果我们这样讨论下去，将会没完没了，所以还是让我们言归正传吧。

我的求知欲是旺盛的，而要消化的新知识却堆积如山，这正像坐在足够吃好几顿的饭食的面前一样。我还只不过是一个读大学二年级的学生，我还得去听课、参加课堂讨论，我得做各种实验。在第二年，木村正路教授开始上光学课。他的专长是光谱学，这是和新量子论即和原子光谱及分子光谱的研究有着密切关系的。我对这些实验很感兴趣，我和木村毅一君编在一组做实验，他比我更像一个实验家。他希望我们在暑假期间继续进行实验，我也不反对。在暑假里继续工作的研究人员并不少，但没有别的学生。我们在空荡荡的学生实验室里进行碳与金属电极之间的电火花实验，我们拍摄了电火花的光谱。我们走进暗室用玻璃刀裁割照相底版。我离开实验室已有这么多年，这段时间的回忆对于我也就显得特别宝贵。

到第三年，我得决定自己的专业志愿和接受某一位教授的指导。不过，尽管二年级就要结束了，我仍然举棋不定。在许多专业中，木村教授的光谱学最接近于我的要求。昭和三年（1928

年)3月,木村邀请了一位年轻的德国物理学家奥托·拉波特(Otto Laporte)来讲原子光谱学理论。这是我有生以来第一次听外语讲课,但我对言语和内容都理解得很好。也许这比较容易,恰恰是因为一个德国人讲的英语!我理解内容是因为我当时正在学习光学。这一切都很不错,但是困难却在于木村的实验室并不接受理论物理学的学生。

如果我想从事光谱学的实验,我就得学会玻璃吹制。然而,我最讨厌的恰恰是单杠、制图和玻璃吹制。记得刚进大学不久,人家分配我们班制作一种测量体积增量的简单仪器,亦即通常讲的膨胀计。制作方法是,首先用煤气灯火焰将一根玻璃管的一端烧熔化封住口。接着,将另一端加热拉伸成线状的细管。这本来是很容易的,但我却干不了。我在火焰中将管子拉长,但还没有等到它变得足够细时就已断了。我的同班同学们制作膨胀计都没有困难,甚至连制图能力不在我之上的朝永君也能顺利地掌握玻璃吹制工艺。但是,我不懂它的诀窍,最后只得放弃,要求被安排做另一种不同的实验。如果我想参与光谱学实验,我就必须能够按照要求弯曲和连接玻璃管。于是,我就认为自己没有资格进入木村实验室了。

父亲劝我在石野教授的指导下从事理论和实验两方面的研究,但我认为从事两方面的研究对于我来说负担太重。犹豫几天之后,我拜访了学长河田君,他当时正在石野实验室里做X射线实验。我听他说明了他正在进行的实验工作,发现那工作很有趣。这时有一个陌生人走了进来，一看就可以知道他不是一个物理学研究者。他和河田君的谈话内容是有关事务方面的，亦即有关要订购的机器型号及其价格。这种谈话听起来像是来自完全未知的世界的人们的谈话，从而我认识到要想从事实验研究我就必须跟这类事务打交道。我默默地听着他们两人的谈话，我想也许我终究只能搞搞理论工作。

此后不久，我和朝永君、多田君三人一起去了玉城教授的研究室，教授热情地接受了我们作为他的学生。正是在这时，我的道路成为只有理论物理学这一条了。当时的玉城研究室是群英聚集的地方。大学毕业了几年的人们正在研究他们想研究的东西，大约有10个成员，比其他研究室的人数多得多。毫不足怪，有几个人正在研究流体力学，这是教授的专长，还有一个人正在研究声学。教授本人对音乐颇感兴趣，研究室里备有管风琴和古琴。我曾听说玉城教授会弹奏古琴，但我从未有幸听他弹过。他对日本的吊钟也感兴趣，研究室里有一个小吊钟——它比一种简易的演奏钟更像一个警钟。从研究室里不时地可以听到钟声。

当然，也有研究相对论的人，玉城在年轻时曾发表过许多篇有关这方面的论文。然而，有人研究新量子论，这一事实却不同寻常，他们是西田外彦和田村松平。玉城教授对新量子论几乎不感兴趣，也许他被这理论搞得迷离惝恍，但是他一向尊重他的研究室的人的自由意志。只要不超出理论物理学的范围，不管研究什么，他都不加干涉。即使几年后一事无成，也不会被辞退。人人都从容不迫地进行研究。

这里的气氛不同于其他研究室的气氛，但是由于我习惯于森外三郎的自由政策，因此我不认为这种气氛有什么异样。相反，我之所以最后选中这一研究室，就是因为我对这种气氛感到亲切。在我们3个新进来的人当中，多田君选择研究流体力学，而朝永君和我都选择了新量子论。我们在物理学方面和数学方面都有大量的东西要学习。我们必须学习高等代数，特别是群论——直到那时为止，在物理学中尚未起作用的东西。与此同时，我们既要学习经典物理学，又要学习新量子物理学。玉城教授教我们分析力学，而西田君和田村君则帮助我们研究新量子论，但实际上我们几乎是自学的。我想在第三年期间拼命赶上理论物理学的前沿，这样就使得第三年成为繁忙的一年。

这又有点离题了，但是西田外彦是西田几多郎教授的长子。我是西田教授的一个信徒，而且认为自己在这位伟大的哲学家所在的京都大学当学生而不去听他的讲课是愚蠢的。我记不得究竟是在上大学三年级时还是在毕业后的那一年，我每个星期都要去听他的"哲学概论"课。那时，教授在年轻人中间的名气相当大。有些第三高级中学的学生来听他的讲课，法学部的大教室总是客满。每堂课讲的内容都像一篇短篇小说或连载小说那样完整。他每次带着五六本厚书走上讲台，他把书放在台上，最初并不看着它们，他在讲台上从一头走到另一头，同时滔滔不绝地讲着课。

西田教授高度近视,当他来回走动时,他那厚厚的眼镜片不时地散发出反射光。他看起来像是在自言自语而不是在系统地讲课。他经常在走动中停下来打开桌上的一本厚书,那是某位著名哲学家的著作。紧接着,他就提出他对于作者的严厉批评。虽然我已记不得他讲课的内容,但是我对这位先生仍然保留着强烈的印象。很久以后,我有时还到教授在京都飞鸟井町以及镰仓的姥之谷的住宅中去拜访。在古代,哲学和理论物理学是一回事,今天它们分开得很远。但是当我和西田教授交谈时,它们似乎又靠近在一起了。

我家客厅里挂着由教授写的一幅书法,上面是"步步清风"四个字。每当我看见它时,我就回想起教授腰系白色兵儿带,略弯着腰沉思着,在镰仓住宅附近散步的样子。

> 在镰仓,
> 一条幽深的山谷里,
> 一个人正在沉思着。

我曾经做过这样一首和歌。

当我拼命想到达理论物理学的第一线的时候,新量子物理学正在大踏步前进。被称为量子力学的新理论体系正在开始形成,而这却使我感到了烦恼。如果原子世界通过量子力学而得到完全的理解,那么留给我去开拓的将会是什么样的土地呢?我努力想成为一个理论物理学家是不是为时太晚了呢？我很快就开始认识到我没有理由烦恼。确实，量子力学将近完成了，它正在被应用于许多领域，而且取得了惊人的成功。然而，这还不能包括一切。在20世纪物理学的两大支柱即量子论和相对论中，前者虽得到高度发展，但尚未与后者相融合。

怎样才能把相对论包括在量子力学中，以便产生相对论性量子力学呢？我开始认识到这就是有待理论物理学家将来予以解决的伟大课题。然而，在我升入三年级时即1928年，英国的伟大天才狄拉克（Dirac）发现了电子的相对论性波动方程。这对于我是一大刺激——或者更确切说，这像是一种冲击。总之，我必须学习狄拉克的新电子论。我的毕业论文虽然毫无独创性，但却是有关狄拉克的新理论的。

我那忙忙碌碌的大学3年生活即将结束了。我仍然是微不足道的，但是我的研究方向却确定了。尽管没有出现任何可见尺度的晶体，但结晶核却已存在。马克斯·玻恩的《原子力学》一书的末尾有这样一句话："一个单晶是透明的，而一把晶体碎片却是不透明的。"从这一意义上来说，我还只不过是一块晶体碎片。

第十一章

转　机

昭和四年（1929年）3月，从京都大学毕业前不久，我开始感到不安起来。如果我继续研究理论物理学，那么我就可能一事无成。我是如此悲观，甚至想到了要去当和尚。自从中学时代以来就已植根于我心里的厌世思想，此时又重新抬头。厌世思想至今仍居留于我心中，虽然与其说它是厌世还不如说是一种遁世的愿望。我希望与别人的交往能减少到十分之一，我想过安静的生活。要是没有人注意到我，那也许就是一种孤独的生活，但是忍受孤独也不那么坏。这种愿望虽说是一种相当不现实的梦想，但却给我以安慰。

我面临毕业之际就产生遁世之念，也许并非么不寻常。大阪东区大阪城附近有一个叫做长光寺的寺院。寺中和尚的妻子是我父亲的表妹。和尚夫妇没有孩子，而我们兄弟几个显然有人将来可能过继给他们。我们都躲避长光寺，都说："如果我们去那里就会当和尚的。"因此，当我有遁世之念时，我就想起了长光寺，认为他们将会愉快地收留我当一个和尚的。我就这样胡思乱想了四五天，就像患了一场麻疹一样。毕业后，我完全忘掉了这些想法。

玉城研究室不招收研究生，所以我们3个人以无薪助教的资格像学生时代那样继续在那里进行我们的研究。当时社会经济不景气，大学毕业生很难找到工作。因此，我有许多同学仍留在大学里，不景气把我们培养成了学者。我的同学们一个个地留起头发来，虽然有些人在毕业时已经理成漂亮的分头，我的头发仍然剪得短短的。母亲给我做了一套西服，但我难得穿它，每天去研究室我还是穿着旧学生装。

大约就在那时，有一半的物理学研究室决定搬迁。东大路街，即当时的东山街，有电车通到丸太町，而且还计划将电车轨道向北延伸到今出川。这样一来，电车就会正好通过物理学研究室的西侧。物理学教授们抱怨说，电车对电流计有影响，无法进行精密的实验测量，所以必须把研究室搬到离电车线路100多米远的一个地方。

为此理由，搬到北部校园的提议得到了批准。但是，如果不能进行实验是惟一的理由，那么要搬走的就只是实验室了。实际上，由于预算的关系，北部校园新建的现代建筑还没有大得足以容纳得下所有的物理学研究室，因而玉城研究室只有一半人被迁往新址。很幸运，我们研究量子物理学的人在新楼里分到了一间房子，搬出了旧式建筑。我每天在那里心情舒畅地进行研究。

回顾我的整个研究生活，我认为大学毕业后的3年时间里我打下了一个极其宝贵的基础。跳入水中的游泳选手在水下潜游片刻——对我来说那3年就是这种准备时期。我面前摆着两大研究课题。与其说是课题，实在不如说是未开垦的领域。第一个是进一步发展相对论性量子力学。第二个是把量子力学应用于原子核问题。对于大学刚毕业的我来说，这两个课题都是过分的奢望。

虽然我只有22岁，但是在年龄上并不算太小。那时，对发展量子力学做出贡献的大多数物理学家都是20多岁，有的人也只不过比我大五六岁。海森伯、狄拉克、沃尔夫冈·泡利（Wolfgang Pauli）和昂利可·费米（Enrico Fermi）这4位最杰出的科学家都诞生于1900—1902年，而他们都在23岁或24岁左右就已取得了很大的成就。那年秋，海森伯和狄拉克都访问了日本。听他们的讲演对我来说是一种很大的刺激。

对于我所认识到的两大问题领域，我还无从着手。当时，关于原子核的研究不是物理学的主流。恩耐斯特·卢瑟福（Ernest Rutherford）这一位走在时代前面的人在核物理学方面屡次取得引人注目的成果，但是大多数的科学家对于进入这个领域是犹豫不决的。他们只满足于研究原子内部绕核转动的电子。为什么大多数物理学家不研究原子核呢？一个主要的原因是原子核的结构还很难把握。许多科学家相信，物质最终可以被分割成两三种"基本粒子"。当时，被确认为属于这类粒子的只有电子和质子——不，还有一种被叫做"光子"的东西，我将在下文中述及。然而，假如所有的物质都是由电子和质子构成的，那么原子核就会仍然存在巨大的奥秘。按照这种观点，要想理解原子核的各种性质几乎是不可能的。由于认识到这一任务是无法完成的,因此大多数科学家就避开了原子核。他们中有些人模模糊糊地想像了核内电子有某种很不寻常的行为。

所以,我是这样考虑问题的:在研究核内电子的行为以前,应当首先研究核外电子与原子核本身的相互作用,来作为进一步研究的基础。所用的方法应当是研究原子光谱的超精细结构。① 特别是,狄拉克的电子理论在原子核外部取得了异常的成功,因此应当把这一理论应用于氢原子光谱的超精细结构。我的研究生活就是从这里开始的。

一个氢原子是由一个电子和一个质子构成的,电子和质子是靠它们的电吸引力结合在一起的。除此之外,还有一种磁力(虽然很弱)的作用,因为质子和电子都是"小磁体"。还没有人依据狄拉克的电子理论从理论上来确定由于这些磁力所导致的超精细结构。我想去这样试一试,而且发现可以引出几个结论来。我把这些结果写成详细报告,提交给玉城教授,他把报告锁在他的保险箱内,说他以后再看。

不久以后,在一份专业杂志上刊登出了费米写的关于超精细结构的一篇论文。我感到很失望,因为他不仅研究了我已开始研究的同一个问题,而且他还比我多走了一步。正当我想研究原子核结构问题时,遇到了这样令人大失所望的事,我惟一的想法就

---

① 核磁性对于原子线光谱的效应。

是至少暂时换一个问题了。恰好在那时，海森伯和泡利关于量子电动力学的伟大论文发表了。在某些方面，这篇论文是普朗克创立的量子论的决算报告书。

当量子论刚诞生时，它在光的本性问题上投下了一种神秘的阴影。到 19 世纪末，人们一直认为光是波，是电磁辐射的一种形式，这是一个不容怀疑的真理。然而，量子论却主张光还必须具有粒子的特性。光是光子的集合这一概念的真理性也同样不能否认。这样，至少在 20 年中，光的波粒二象性是物理学界的大问号。在德布罗意的物质波理论出现后，这种二象性之谜就被扩大到电子之类的物质粒子上去了。

波粒二象性之谜通过量子力学而针对物质得到了部分的解决。同样，要想最终解决光的二象性之谜，也必须用量子力学来处理电磁场。从这个意义上来说，海森伯和泡利的量子电动力学可以说是一个决算报告书，它满足了上述要求。然而，在这个决算报告书中还有一笔亏空。"无穷大"这个实际上并不存在的数字被写进了这个决算的末尾一行中去了！这个收支决算是关于能量的决算：在建筑于能量守恒原理之上的物理世界中，通用的货币是能量，它的单位不是"元"，而是"尔格"或"焦耳"。要是决算报告书确实收支平衡，"无穷大"这一数字就不应当出现在能量栏目中。如何才能够把"无穷大"从海森伯和泡利的决算报告书中清除出去呢？这就是他们的论文摆在我们面前的新问题。我把他们的报告反复读了许多遍，而且每天都在思考着我怎样才能击败"无穷大"这一恶魔。但是,这恶魔比我强大得多。

我们的研究室位于新物理楼的二楼,周围是大学农学部的地基。从南面的窗户望出去,可以看见一幢有北欧式斜屋顶的灰色建筑物。它的墙壁上爬满了常春藤;下面有一些山羊蹦跳嬉戏,有时发出一种奇特的咩咩叫声。当我每天都在跟无穷大能量这一恶魔交战时,这些山羊的叫声在我听起来倒颇像是那恶魔的冷笑声。

每天我都要推翻掉自己在当天所提出的想法。到傍晚我回家经过鸭川河时,我沉浸在一种绝望的情绪中。就连那平时给我以快慰的京都群山,此时在夕照中也不免令人感伤。第二天早晨,我走出家门时感到又有了精神,但傍晚回家时又显得垂头丧气。最后,我放弃了对那恶魔的搜捕并开始认为我应当去寻找一个比较容易的问题了。当我这样白白浪费时间时,量子力学的应用范围却正在迅速扩大。从原子、分子到化学键和晶体理论——量子力学到处都在取得成功。像固体理论和量子化学这样的一些新的科学研究领域也即将出现那方面的论文,我虽然也读过很多,而且感兴趣,但是我自己却无意于做那方面的工作。我的眼睛依旧盯着原子核和宇宙射线这一类未开垦的土地。但是,由于不知从何着手,也只能暂时作罢。

那时,我有很多的自由支配时间,因而决心再学一门语言。我对英语和德语不感到有什么问题,在学校里都学过。至于法语，我在高中时上过夜校，但由于白天疲劳，晚上就经常打瞌睡。听课时，我的眼皮重得睁不开。不管我怎么努力想睁开，我也无法睁开眼来。久而久之，我的法语没有得到提高，因而我只能勉强读点有关物理学的法文书和论文。

我决定到当时地处九条山的日法学馆去听课。每周去两三天，每逢上课那天的下午，我就早早地离开研究室，乘上从仁王门到蹴上的市营电车的支线。——这条线路今天已没有了；但在当时它沿水渠边往东，经过动物园往南拐弯，与斜坡铁道同时并进，就已经抵达终点站蹴上。我喜欢乘这路电车，它几乎总是空空的。将近终点站时，售票员就收起车票，到达蹴上后，他就拉着电车的触电杆使电车再往回头开。我欣赏这种自由自在的气氛。电车站就在一家旧发电所附近，穿过开往大津的郊外电车线路就能望见京都旅馆。我沿着开往大津的电车线路走了一会儿，两旁是小山，路很狭窄，然后进入左边的坡道。日法学馆就在那九条山的半山腰，从那儿可以望见京都城的全景。这儿的气氛如此不同于物理研究室，我实在觉得喜欢。

当时正是法国影片开始风靡日本的时期，第一部影片是《巴黎屋檐下》。走进新京极的电影院我不再感到内疚了，于是我也去观看了这部影片。《回忆……》这一主题歌当时正流行于京都的街头巷尾，我也学会了法语歌词："当她20岁的时候……"日法学馆符合我当时对法国和巴黎的想像。学校周围是美丽的树林，人们聚集在那里——这一切形成了与我以前所熟悉的任何环境截然不同的一种气氛。人们是年轻的,而且许多人法语讲得很好。他们的服装和举止是文雅的,妇女们尤其如此,她们通常是京都和阪神地区的良家小姐和少妇。

另一方面,我还穿着大学生制服,一头短发。我在那里几乎从不跟别人交谈,看上去颇像一个来自另一世界的人,是偶然出现在那里的。在课间休息时,我默默地俯视着京都市景。我没有别的事可做,但我来到此间却没有感觉不愉快。

有一位法国女教师,看上去是感情丰富和待人亲切的。听她的课,我特别感觉快活。有一次,这位教师要求我们写一篇题为"散步"的法文作文,我用法文写下了这样一篇文章:

> 我不想寻求都市的强烈刺激,我太懒散以致也不想到远离都市的乡间去旅行。我家就在皇宫附近,我常在宫内庭园中散步。秋天是最好的时光。铺在皇宫古树林间小径上的落叶,在我的木屐下发出轻微的响声,这响声犹如一种难忘的回声存留在我的心中。
>
> 宫内有一个大广场,星期天几群孩子占据几个角落打棒球。在广场中央的一棵大树下,一个当差的小伙计停下自行车来观看。
>
> 平时这儿很安静,常能见到年轻的母亲们推着童车。在草坪上有两棵银杏树。秋天,满地皆是它们的黄色落叶。在一个晴朗的早晨,我看见树下有两个小男孩互相把落叶洒

在对方的头上。一条小狗奔跑过来,跟他们一起在铺满黄叶的场地上玩耍。抬头看他们的上方,我见到了一根掉光了叶子的孤独的银杏树枝,在阳光下闪耀着粉红色的光。

我总是为了思考某一个问题而走出家门,但是我的注意力却被周围的事物所吸引,忘记了别的一切,我轻松愉快地走回家去……

事实上,我是一个孤独的散步者。但是,我的新的构想却是从散步中产生出来的。由于生性不爱说话,我通常整天坐在研究室里读杂志而不和任何人讲一句话。在我的朋友眼里,我必定显得既不友好又不快活。我并不满意自己的行为,但发现要改也难。我认定不但我自己不幸福,而且我也无法使别人幸福,因而我觉得我应该是一生孤独的。我最好是不结婚(我是这样想的),因为那样一来我将完全失去我自己的自由,而且又不能使我的妻子幸福。

当我搞研究搞得疲倦时,我时常画我单独居住的房间的设计图。我手头至今还保存着这样的一张设计图:在15平方米左右的一间房间里,有一把椅子、一个书架和一张床。虽然没有留出放置书籍以外的东西的地方这一点是可笑的,但是令人惊异的是却还有一个洗澡的地方。这就是我居住的童话世界。不,它太缺乏幻想了,太干巴巴了,太接近于现实了,以致还称不上是童话世界。我还没有脱尽一个喜欢玩盆景的孩子的气质。

我的小世界的窗户向着科学的庭院打开，但从这扇窗户里却射进来了足够多的光。事实上，木村正路教授从校外邀请来了许多科学家作为临时讲演人，提供了一种很大的刺激。在我大学毕业后的两年多内，荒胜文策博士、杉浦美胜博士、仁科芳雄博士等人从不同的角度做过有关量子力学的讲演。他们都是在欧洲学习过新物理学的，其中尤其是仁科教授对我们影响最大。

当时，在物理学界常听到人们说起"哥本哈根精神"这个词，它是指哥本哈根大学以尼耳斯·玻尔为所长的理论物理学研究所。来自世界各国的优秀理论物理学家们仰慕玻尔博士而聚集在那里，包括一些日本科学家在内。仁科芳雄在哥本哈根逗留的时间特别长。他的讲演不仅仅解说了量子物理学，因为他给我们带来了"哥本哈根精神"，以尼耳斯·玻尔为中心的当时最优秀的理论物理学家集体的精神。

倘若要我来描述哥本哈根精神，我是没有办法用几句话来概括的。然而，它肯定是和宽容精神很相通的。我受过自由主义的教育，所以这一点尤其吸引了我，但是仁科教授本人对我也有吸引力。我能够跟他顺利地交谈，虽然我通常是很沉默的。我也许从仁科身上看到了我在自己父亲身上所看不到的那种"慈父"的形象。总之，我的孤独的心，我的关闭的心。开始在仁科教授的面前打开了。

昭和六年（1931年）秋，天气晴朗的某一天，命运借当时的京都大学的秘书——如今的事务局长——岸兴详之手对我产生了作用。他突然给我提亲。当然，也可能有人跟我家里议过别的亲事，但是这类提亲也许在我得知以前就告吹了。总之，我对任何别的提亲的事毫无印象。因此，岸君作媒人的这次提亲是我所知道的第一次提亲——而且也是最后一次提亲。

对方是大阪今桥三丁目汤川肠胃病医院主人的最小的女儿。如同我家一样，汤川家也是纪州人，这一点给我的父母以一种亲近感。我自己的主要兴趣当然是在于我的未来的妻子的人品。为什么我这个信奉独身主义的人竟然也关心起提亲的事来了呢？我说不清楚，但非要说不可的话，我的回答是"好奇心"，至少一开始是如此。我作为一个年轻的男子，也同样不会认为提亲是对我的虚荣心的损伤！

当然，对提亲对方的一种好奇心，不管多么微弱，是从一开始就存在的。然而，突然，这种兴趣大大地被增强了。那是因为有一天她的一张相片摆在了我的面前，那相片是取自一本妇女杂志。在相片中，她是站立着的，穿一身和服，袖子似乎显得很沉重。显然，她是出身于一个富有的家庭：她显得很单纯，但是她的眼睛却闪烁出活泼的神情。相片的主人汤川澄不久将要迎接她的第23个春天。我们结婚后，妻子有时对我说："你先看了我的相片，那不公平。"确实，我看了，而且是在我得知亲事之后不久。我不能否认它曾打动了我的心。

不久正式的相亲照片送来了。母亲很中意，说："她看上去很聪明。"接着,我得去照自己的相了。母亲望着我剃光的头,说:"你得把头发养长。"但头发长得不那么快,我不得不留着半长的头发去拍照。头发笔直地竖立着,我无法梳理。我穿着我不习惯穿的一身衣服,看上去很不舒服。照相照得很糟糕。妻子至今还取笑我说:"你在相片上显得是那么的抑郁和不高兴!"不仅仅是相片——而且她对我本人的整个印象也不是非常满意的。我不愿进一步描绘她当时的那种印象,但我必须叙述我们第一次相见的情况。

相亲的地方约定在大阪旅馆——如今的新大阪旅馆,一幢位于高丽桥旁的舒适小楼。下面是我妻子汤川澄的叙述:

那天早晨,我正考虑着我不愿在头发上戴花,虽然那时姑娘们习惯于把头发往后束紧,再戴上一朵人造花。我姐姐伸子走来说:"你为什么不戴花?你必须戴一朵又大又美丽的,尤其是在今天。那朵玫瑰花最好看。"

我说:"我不愿跟因看到姑娘漂亮才决定成婚的那种男人结婚。如果那就是他的结婚理由,那么一旦我生病而变得憔悴了,他就会抛弃我的。"

姐姐大声笑道:"瞧你!别担心这个,把那朵玫瑰花戴上吧!"

我就把那花朵插入发中。我穿一身棕黑底色、上有纺锤形花纹的和服。我们离开了内淡路町的家——同行的有父亲玄洋、母亲道子和姐姐伸子。大阪旅馆就在横堀河的三号桥的对面。我的兄弟靖洋打算直接从肠胃病医院出发去旅馆，他当时已接替我父亲担任了该院的院长。

我们到后不久，小川教授走进房内说："我们来迟了一会儿。"他显得很愉快，我们开始感到气氛有所缓和。小川夫人紧随在他的后面走了进来，她梳着西洋发式，留着前刘海和一个很大的假髻。她走路步履稳重，低垂着大而白净的脸。秀树当时夹在岸兴详夫妇之间走了进来，但是我太紧张了，未能细看他。

我们决定立即到另一房间去吃饭。我的兄弟靖洋坐在我的对面，和他身旁的秀树交谈。"你在大学里和谁一起工作？"他问道。

"玉城教授。"

他似乎想尽可能地少说话，他说话的声音很低。我的兄弟想换一个话题谈谈。"你认识某某吗？"

"不认识。"

我的兄弟觉得很为难。另一方面，我逐渐镇静下来，开始观察起秀树来。他穿着一套朴素的棕色西服，系一根有着复杂图案的领带。跟我在相片上见到的一样，他的头发留得还不长。干燥的头发从脑后到前额并行竖立着。他的前额很宽，苍白的长脸上戴着一副大的黑色玳瑁框架的眼镜。他略低着头,专心致志地用着刀叉。

我的妻子用以下的文句来结束她的印象记:

我有点担忧他太沉默了,但是不论外表如何,有一点却不会搞错,那就是他有一个勤于思索和才华横溢的头脑。我认为我能将自己的一生托付于他。

至于我对她的印象,她在我眼里似乎是一个单纯的和不知人生艰辛的姑娘。但事实上恰恰相反,她比我实际得多。和她相比,我只不过是一个命运的傀儡,或者也许更像一个作茧自缚的蚕儿。

总之,事情进展得顺利。大约一个月以后,母亲和我拜访了大阪的汤川家。接着,他们也回访了我们在京都的家。这时,亲事几乎就定下来了。澄、她的母亲和我乘汽车去看一处名叫"信乐"的公寓。婚前的一对男女去寻找公寓,这有点不同寻常,但是我们是有理由的。已经商定在结婚的同时我将入赘到汤川家。这对于我来说并不是一种陌生的事情,我的父亲和外祖父都曾经是这样入赘的。汤川玄洋也是赘婿,他原先叫坂部让三郎。

坂部是一个相当有名的武士家族的姓。让三郎的父亲想必是一个非常固执的人,他忠于他的主人而被判有罪切腹自杀。坂部家没落了,让三郎从小由嫂子抚养,受尽磨难。他毕业于和歌山县立师范,就在日高郡比井崎村的小学里供职。他被村长汤川玄硕看中而收为赘婿。汤川家世代行医，让三郎也继承家业，他改名为玄洋。

比井崎村离因家珍和清姬的传说而出名的道成寺不远。这是一个位于日高川河口西北方的海边村庄，汤川家就面对着比井崎湾，风景优美。村庄有时遭到海啸的袭击。玄硕在村里既当医生又当村长。我的岳母之所以取名"道"①，是因为她出生时她父亲玄硕为村里开辟了一条新路。

玄洋后来毕业于当时的京都府立医专——现在的京都府立医大，在四国的伊予开业。此后，他搬回纪州，在比井崎村附近的御坊镇上开了一家小医院。他似乎曾经是一个勤勉的人，他在当时出版的《肠胃病疗养新书》销路很好，依靠此书的版税，实现了他留学德国的梦想。

从欧洲回国后，他在大阪开业。在汤川澄出生前，他在今桥三丁目创建了这个肠胃病医院。他在以"讲究吃"而闻名的大阪开办一家肠胃病医院是成功的。这家医院办得如此兴旺，从早晨起到下午3点为止，他每天必须诊治几乎100个病人。他还必须巡回诊察住院病人，而且此后他还将到病人家里出诊。这是很艰苦的工作，因而他的心脏极度衰竭。到我们结婚那时，他已退休在家了。

要想像汤川玄洋的风貌，借用夏目漱石的小说《行人》中的

---

① 意即"路"。

一段描写是最恰当不过了:

> 院长通常穿一身黑色的晨礼服,身后跟随着一位助理医生和一位护士。他是一位肤色浅黑、鼻梁挺直的仪表堂堂的男子,在他的举止和言谈中也显示出尊严。当三泽问道:"我可以旅行吗?有发展成溃疡的危险吗?"或者,"像这样住院治疗是一种好的对策吗?"院长答道:
> "嗯,也许吧。"或诸如此类的简单答复。

这是对在一个叫三泽的人物患胃病而住进大阪医院的时候的一段描写。根据小宫丰隆的夏目漱石传,漱石在明治四十一年(1908年)因患胃溃疡而住进了汤川肠胃病医院。小说《行人》是在从大正元年到二年(1912—1913年)的《朝日新闻》上连载的。显然,漱石在《行人》的这一段描写中回想到了玄洋。

然而,我正在写到的那个时间是大约在20多年以后,也许就是昭和七年(1932年)1月吧。那是寒冷的一天,我们3个人乘汽车在冬天的微弱阳光下驶过京都的街区。不久,车子拐进东三本木的一条狭窄的路。到达的地方是一座旧房子,它的大门就在一条小路的尽头。从房子的背后可以望见鸭川的流水。后面有两间相连的房间,铺着新的榻榻米,板壁也油漆一新。糊在新拉窗上的白纸是耀眼的。拉开拉窗能见到东山就在前面。两家决定婚礼后我们就住在这儿,澄的母亲正在和"信乐"公寓的主人进行交涉。

剩下我们两个人站在窗前赞赏着窗外的景色。

"多美的景色!他们管那座桥叫什么?"

"荒神桥。我每天去大学时都走过它。"

我比平常健谈了一些,指着桥对面说:"那是大学的钟楼。以前物理学教室就挨着它。"

我们喜欢"信乐"公寓,但最后却决定不住在那儿了。4月初婚后,我们住在大阪的内淡路町的家,因而我从天满桥乘京阪电车去京都大学。那时我的心理从事后来看有许多不可理解的地方。我的情绪有点不稳定,因为我的生活经受了巨大的变化,而且不仅限于我的私人生活。3月间,在我结婚以前,玉城教授告诉我说,我将从4月份起作为理学部讲师开始给学生上量子力学课。我很难一下子就适应环境的变化,我心里感到相当烦乱。

第十二章

苦 乐 园

我从懂事起就住在京都,对大阪这个城市几乎一无所知。我因结婚而成了大阪的一个居民。梅田火车站小而嘈杂,但它却有截然不同于京都车站的魅力。在那里,我感受到了充满整个大阪的活力。内淡路町上排列着一幢幢宽敞的旧房屋。横堀川向西缓缓流动,人们相继从它的为数众多的桥上走过。无论是朝北、朝南还是朝东走,都有批发商行和商店。大家都急急忙忙地活动着;与京都的自然美形成对照,这里有生气勃勃的人。我决定住在大阪的一个理由是,我想在这新的环境中改变自己。

在这一年初,我在探索真理的旅程中的伙伴朝永振一郎君离开我们去了东京。他要到理化研究所新建的仁科研究室中去工作。连我这一个不好交际、自以为是孤独者的人也对我们的这次分离感到相当凄凉。然而,这也就成了我想调换一个新的环境的另一个理由。

我被自己不得不在3月和4月里做的许多事情缠住了,我觉得自己就像是一个来不及整理衣物就把它们一古脑儿装进大皮箱内匆忙赶路的旅人。婚礼是在4月3日举行的,没有时间来度蜜月,也没有打算这样去做的闲情逸致。新学期一开始,我就要开始登上讲台讲课了。因此，我们从大阪到和歌山去玩了一天——几乎相当于一次平常的远足。

岳父玄洋变得更加衰弱了，也许是由于他为女儿的婚事操劳过度的缘故吧，因而在我们婚礼举行之后他就到新和歌浦去休养了。两三天后，我们到和歌山去看望他。他在新和歌浦的望海楼旅馆借了一间里屋。透过窗户可以望见大海，而且还看得到一个叫"蓬莱岩"的大岩壁。他很喜欢澄为他烧的法式汤，这份喜悦中大概包含了他对我们婚事的满意。

我得知旅馆后面山上的樱花正在盛开。天开始下起雨来，于是我们向旅馆借了一把雨伞好到附近去散步。当我们回到旅馆与岳父一起用餐时，天开始下起倾盆大雨。然而，我很想去看看纪三井寺，那儿因樱树而闻名，不去是很可惜的。寺院在一段长长的石阶梯的顶端。我像单身一人时那样爬得很快，我转过身来看见身穿紫色外衣、脚登木屐的妻子正在拼命地爬，她好不容易才赶上我。我不再是一个孤独的旅人了，现在我有了一个需要照看的伴侣——以及一个将会照看我的伴侣。樱花开得很茂盛。

春假转眼就过去了。物理系办公室外面帖出了一张通告："汤川讲师在4月间开讲量子力学……"学生们不知道我在春假期间已改了姓，都问："这个汤川是谁？我没有听说过他。"

在听过我生平第一次讲课的学生中间，有当时正在读二年级的坂田昌一和小林稔。他们两人是最热心的学生，而且对量子物理学的理解也最深刻。在下一个班级的学生中间有武谷三男，我早就注意到他了。这三个学生后来成了我的研究的最得力的合作者。

然而，就连这些感兴趣的人也没有对我的讲课留下深刻的印象。例如，武谷君曾写道：

> 汤川的讲课没有什么异乎寻常的特征，大部分是按照狄拉克的教科书讲授的。他的声音像催眠曲似的舒缓柔和，说起话来从不加强语气——这对于催眠来说真是再好也没有的了。

小林君还补充说，我的声音非常轻，我讲话时是对着黑板的，因而就使得我的话难于听清。在后期，我在国外作讲演时，我常被要求"Please speak louder!"（请说得大声点）。

就我而言，正在出现比讲课更加重要的事。6 年前由于量子力学的出现而引起了物理学界的骚动，这基本上平息了。曾一度出现比较平稳的时期，但是突然又开始了另一个骚动时期，这一回我也被卷进去了。昭和七年，即 1932 年，这一年对于物理学比对于我个人生活来说更是多事之秋。能被称"划时代的发现"的事件竟接连发生了三起；第一起是中子的发现；第二起是正电子的发现；第三起是通过人工方法即使用粒子加速器把原子核打破了。直到那时，现在被叫做核物理学的这一学问还只不过是一

旅人

个次要的研究分支，但是由于这三起事件，它却突然变成了主流。

这三个发现本身都不愧为重大事件，但是对理论物理学具有特别重大意义的是中子的发现。曾经力图仅仅使用电子和质子来构建原子核模型而归于失败的理论物理学家们，立即变得活跃起来了。所谓中子这一第三种粒子（或者说第四种粒子，如果光子被包括在内的话）是解开原子核之谜的一把钥匙。把原子核看成中子和质子之集合体的想法想必曾经同时出现在许多物理学家的头脑中，但是，其中系统发展新原子核结构理论的却是海森伯。我意识到了他的工作的重要性，就在《日本数学物理学会会志》上写了一篇关于他的论文的相当详细的介绍。同时，我决心进一步发展这个理论。

我集中研究的问题是关于作用在构成原子核的中子和质子上的力的本性——亦即关于核力的本性。面对这一难题，我花费了多少个漫长的辛苦日夜。事实上，从昭和七年秋到昭和九年秋（1932—1934年）是我一生中最困难的两年。然而，我正在经受磨难这一事实却使我感到满意。我觉得像一个背负重荷的旅人在拼命爬坡。我感受到了作为一个科学家的甘苦，而且也有了作为一个生活在家庭中和社会中的人的宝贵经验。

我住惯了的京都和新移居的大阪市之间有着许多区别。一个重要的区别就是大阪的空气干燥得多，这也许就是我开始增进食欲的原因。在第一印象中认为我的脸色苍白的妻子，现在见到我的脸有了血色也就放心了。然而，大阪的空气谈不上是好的。从许多工厂的烟囱里冒出的煤烟飞进了内淡路町的住宅，只要玻璃门稍微一打开，走廊里就会因煤烟而显得不光洁了。岳母喜欢清洁，她讨厌自己的袜子的脚背部分变黑。女用人不断地忙着打扫走廊。庭院里的树木看上去没有生气，呈暗黑色。不像京都的树叶那样呈现可爱的绿色。

然而，内淡路町的住宅内部却总是被收拾得很整洁，不像我们在塔之段的家那样每间房里都堆满了书。对于习惯于弟兄们和父亲大嗓门的我来说，内淡路町的家显得异常的宁静。另一方面，岳父只要说一小会儿话就会感觉不舒服。他通常是整天坐在一个地方。他有时痛苦地咳嗽，走路也很困难。他因为以往劳累过度而损害了自己的心脏。

岳父曾一度受到他留学德国时住在隔壁的一位女高音歌手练声的折磨。结果回国后，他完全养成了日本趣味，或者更确切地说是东方趣味。他收集砚台和东方书画。他变得对茶道很感兴趣，他学绘南画以及学唱义太夫①。他培养自己家里的人学习南画和别的日本艺术。我妻子澄从4岁起就开始学习山村派的日本宫廷舞。

这个家的气氛截然不同于塔之段的家。对于正在最现代的科

---

① 义太夫是日本的一种用琵琶或三弦伴奏的歌谣。

旅人

学领域中苦干着的我来说,这种气氛作为与我的工作完全相反的东西却是轻松的:它使我的疲乏而紧张的头脑得到休息。而且,我的思维方式在这种新环境中也发生了变化。我逐渐从那种把一种想法看做惟一绝对的而加以坚持的偏狭的思想方法中解放了出来。同时,这唤醒了我过去所缺乏的那种创造性和活跃性。

我的环境变了,因而在我的心中也开始有了变化。我对社会关闭的心灵窗户逐步在打开,尽管我在适当表达自己的思想方面还有困难。除非绝对必要,我从来不和岳父、岳母说话。我既不讨厌他们也不害怕他们。只是我生来不爱说话的习惯不容易改变罢了。

每天赶到京都去从事研究工作是很累人的,此外我的新的个人生活也搞得我的神经很紧张。我得了轻度失眠症。如果卧室的门稍有响声,我就非起床把它关好不可。如果室外有响声,我就会嘀咕:"那会是什么东西呢?"

"不过是一只猫。"

"不,一定是更重的东西。"

我无法入睡,即使响声已经停止。第二天,我就会决定换一间卧室。但我还是不能入睡。次日,我又试了一间较大的房间,如此反复一直到我将这所大房子里的几乎所有的房间都试遍了为止。我的岳父母对于这一切从不说一句话——不,岳父最后对我妻子说:"再没有房间可试了。"

回想起来，我认为我当时的精神状态必定是略有异常。我对自己的不中用很焦急。大学毕业已经3年了，而我干了什么呢？我增长了知识，但是却没有做出任何创造性的事来。我曾经像一个理论物理学家所应该做的那样完成任务了吗？我有点失望，虽然妻子和她的父母因为我正在努力工作而感到完全满意。回想起来，我有一次是极端幸运的，那是在我结婚不久，父亲来内淡路町看望我们的时候。

他向岳父建议说："为什么不送秀树到外国去留学呢？"岳父回答说："我将考虑这个问题。"当时，使用日本货币是一点也不吃亏的，而且事实上由于第一次世界大战后的欧洲尤其是德国通货膨胀，日元的价值是较高的。因此，当时自费出国留学的人不少。我拒绝这个建议，因为我在完成我能称得上是自己的工作以前不想去国外。我想找到自己的研究课题，并且将它研究到力所能及的程度。我不在乎失败的次数。只要取得成功，我就去和外国科学家交谈。

这就是我的思维方式。这是一种固执，也许是虚荣心，也许是自大。是的，可以那样说。我最害怕的是被迫去思考我不感兴趣的一个问题，不论在日本还是在国外。我想在自己的研究中投入我所具有的一切——知识、热情和意志。我是一个不能够不全心全意工作的难对付的人。

我婚后的第一年过得很平淡，至少从外面看来是如此。在那

旅人 197

一年里，我每天早晨从天满桥车站乘京阪电车。和今天不同，电车在迂回的线路上走得很慢；然而沿线的景色与现在是相同的。当我注视着熟悉的景色时，我想到的却是核力问题。我如何才能找到解决这问题的答案呢？核力和其他已知力的关系如何呢？

自然界中大多数的力不是初级的力。例如，分子引力和化学结合力在本性上都是相当复杂的，它们长期以来不能被理解。但是量子力学出现之后，分子引力和化学结合力显然是从分别在原子核和电子之间以及在电子之间发生作用的初级电磁引力和电磁斥力中导出的次级力。因此，在量子力学出现之后，作为初级力而剩下的就是万有引力和电磁力了。

这两种基本的力都被表现为力场。这种力场相当于力的内禀特征在空间各点上的分布。如果这个场在某一点上是已知的，那么人们就能够预言什么样的力将能被占据该点的某物所感受到。例如，如果电场和磁场在某一点上是已知的，那么人们就知道被该点上的一个粒子所感受到的力。当然，力也决定于粒子的电荷、方向和速度。

于是就出现一个问题：新的核力是不是初级的力呢？或者说，它是不是从万有引力和电磁力中导出的一种次级力呢？这就是基本问题。喏，万有引力是不适用于这一事例的，因为像质子和中子那样小质量的粒子之间的万有引力是小得难以想像的。它太微弱了，以致不可能结合像原子核这样强固的聚集体。另一方面，电磁力比万有引力强得多，但是它们还是太微弱了，以致无法成为核力的来源。不仅仅是这样,电磁力似乎只给出斥力,而不是引力。因为中子是电中性的,在它和别的粒子之间不应当存在任何大的电磁力,而质子是相互排斥的。

无论如何,如果核力能够被看做是导自电磁力而成为一种次级力,那就必然会存在某种非常奇怪的东西。因此,看来核力可能是与万有引力或电磁力都无关的第三种基本的力。那么,核力或许也能够表现为一种场。

我很早就已有了核力场这一想法。从量子力学的观点来看,一种力场几乎必然意味着存在一种伴随那种场的粒子。我们实际上把光子的存在看做是伴随电磁场的粒子。这样推论下去,答案几乎是现成的,但是我的头脑反应得还没有这样快。我在能够到达目的地之前却首先误入了歧途。

那些探索未知世界的人是不带地图的旅行者,地图是探索的结果。他们不知道目的地的方位,笔直通向目的地的路尚未开辟。可能有一些早先的探索者们留下的足迹。如果追随这些足迹,我们能不能到达目的地呢?或者说我们是不是必须开辟一条完全不同的道路呢?在我们到达目的地后,我们才会说:"我们走过艰难的道路才到达这儿的!"事后找出捷径并非难事,而困难却在于一边开辟新路一边寻找目的地,也许甚至在开始动身时就已走上错误的方向。

回想起来,我在昭和七年(1932年)就已非常接近我的目的地了。假如我当时继续探讨核力场的概念，并应用量子力学推理，那么我本应当能得到"介子"这一概念的。但是，与此相反，我实际上又在暗中摸索了两年的时间。

我在出发时就拥有的重要信息是什么呢？

第一，在这个宇宙中存在着质子、中子、电子和光子这样4种基本粒子。普通意义下的物质是由质子、中子、电子组成的，电磁场是光子的集合。这就是说，电磁相互作用是由光子的交换而产生的。例如，说一个质子和一个电子之间有一种电引力，就是说在这两种粒子之间存在着一种光子的连续交换。质子和电子在玩"投接"光子的游戏。这些就是当时已知的仅有的基本粒子——不，还有一种粒子。正电子刚被发现，但它和电子并非完全不同。正电子是狄拉克所预言的"电子海中的空穴"——换言之，它是电子的反粒子。当你考虑电子时，你就有必要一起考虑正电子。

第二，原子核是由质子和中子构成的，作用于这些粒子之间的力比电磁力强。那么，如果你把核力场看做是质子和中子之间的一场"投接球"游戏，那么问题的关键就在于这个"球"或新粒子的本性是什么。在这里，电子作为最有可能性的候补者而获得提名。这不仅仅因为当时电子（从包括正电子在内的广义上来说）是惟一的候补者。电子之所以显得是一个有力的候补者，是因为电子不仅在原子内部绕核转动，而且它们实际上有时从原子核中跳出来。从放射性原子核射出的 β 射线的实质就是一个电子或正电子。海森伯已经发表这样一种想法：在核子的"投接球"游戏中所投接的"球"就是电子。我最初也决心沿着这条研究路线走下去。

昭和八年（1933年）4月，日本数学物理学会在仙台的东北大学举行年会。在这次年会上，我生平第一次做了题为《关于核内电子》的研究报告。我对这项研究不怎么太自信，因而最后没有在杂志上发表论文。把电子当做在中子和质子之间交换的"球"来处理有着许多明显的困难。首先，电子的自旋和它所遵循的统计类型这样一些特征使得电子不适合于充当这一角色。然而，我还是力图用满足狄拉克波动方程的电子场来作为核力场。

也许并不奇怪的是，在我发言之后，仁科建议我考虑使用满足别的统计即玻色-爱因斯坦统计的电子。然而，当时在我的头脑中还强烈地保留着用已知粒子来理解自然界这样一种保守的愿望。而且，如果有不同于正常电子的电子，那么它们就应当在实验上被发现了。由于有这样一些担心的事，我才没有能够迅速前进。

在这一次会议期间，我遇见了八木秀次教授，而这就成了我一生中的一个转折点。八木教授在东北大学教了很长一段时间的电工学，但在昭和六年（1931年）大阪大学建成后，他便于翌年应这所新建的综合性大学之邀担任物理系主任了。他的家已经搬到大阪，他当时向仙台的一个朋友租了一幢大房子，独自一人居住着。我的大哥当时在东北大学当一名讲师,他认为我应当来大阪大学工作,因为我住在大阪。在大哥的引荐之下,我去拜访了八木教授。

我被领进一间华丽的大起居室。正值黄昏时光,房内开始变暗。我一个无名小辈无法想像八木教授是何等样的人物,我真不知应该说什么才好。走廊里传来了脚步声,教授走了进来。他开门见山地讲了大阪大学物理系的情况。我听着他说话,对这个人的信赖程度急剧增长,并且决心到大阪大学他所在的系里工作。

大阪大学的第一任校长是我非常崇敬的长冈半太郎。新成立的理学部中教授不多,而且也没有建筑物。我将从5月份开始任讲师,从而我在盐见理化学研究所的一个角落里有了一张桌子,此研究所和田蓑桥北侧的大阪大学医院相邻。这儿离大阪火车站很近,因而非常嘈杂。我能够听到养在附近的供医学研究用的狗的叫声。这里是和听到山羊叫声的京都大学完全不同的环境。

在昭和八年(1933年)4月,我从仙台会议回来后不久,我的长子春洋出生了。我也当父亲了。我来到了大阪大学,进入了一个完全不同的研究机构。新成立的理学部是一个大熔炉。虽然它的多数成员来自京都大学,但是有一些成员却来自别的大学。许多教授只比我大五六岁,这就造成了老大学所没有的清新气氛。

冈谷辰治和浅田常三郎是从盐见理化学研究所来的,和八木教授一起担任物理学教授。冈谷的专长是相对论,我是他这一讲座所属的讲师。然而，因为当时我对相对论不很感兴趣，所以我干自己的工作而和冈谷教授几乎没有接触。理论物理学是另一个讲座。不久，友近晋被调到大阪大学任教授，同时预定担任原子核物理实验讲座的菊池正士也偶然来校。

在建于医学部隔壁、田蓑桥南侧的理学部的新大楼里，有一个房顶很高的房间，占据了一层楼和地下室。房间内将安装一台考克饶夫-瓦耳顿（Cockroft-Walton）加速器，实验将在菊池领导下进行。我参加了正在筹建中的以菊池为中心的原子核研究小组，当我得知实验将和理论研究同时并进时很受鼓舞。

同年夏，我们全家搬到了位于苦乐园的新居。对我来说，这座房屋是难以忘怀的。现在知道苦乐园这一地名的人不多，尽管它在大正时期是一个繁华的热闹场所。苦乐园地势较高，一度是大阪、神户地区的别墅区及避暑胜地。到了我们搬去时，它虽已经荒废了，但仍然保留着昔日繁华的旧貌。要到达那里，你得在夙川换阪急电车，沿支线到苦乐园车站下车。那时的公共汽车要花 15 分钟的时间穿过松树林和农田，最后到达一个斜坡。在六甲连山东端附近的小山的半山腰上能看到一些房屋：这就是苦乐园。

前一年夏天，我们在苦乐园借了一所房子居住，部分是为了岳父的健康，部分是因为岳母讨厌大阪的房子中总是有煤烟。对于我的小家庭来说，这也同样是一次值得庆幸的搬家。房子是在一个南山坡上，空气干燥，那里比预想的要凉爽一些。岳父喜欢住在那儿，并决定在汽车终点站附近的一块空地皮上建造一所房子。

新房子有一个很宽阔的视野。因患心脏病而不能多走动的岳父整天坐在南面窗口附近，远眺大海。晚饭后，我们经常坐在窗口前看西宫和尼崎的灯光以及经过这儿的电车。

我从苦乐园轮流去京都大学和大阪大学。在这期间，我的研究仍在继续前进，但进展不明显。回想起来，介子的基本概念我曾多次想到过，但是它的出现却像瞬间划破夜空的闪电。在我的头脑中还没有任何延长这种闪电所必需的东西。

星期日，我在苦乐园附近散步。妻子通常是忙于照顾孩子，很少外出。在屋前种着一排樱树；在西南面有一个池塘，它的四周种着松树。能够看到一幢老式红砖的西式楼房——苦乐园旅馆。在过去，它提供冷泉洗澡，吸引过避暑的游客。虽然有过文人墨客到此下榻的时代，但是到我见到这座旅馆时，它已是疮痍满目了。虽说常春藤爬满砖墙，但却无别的生命迹象。

我爬上了东北面的斜坡，发现树木稀疏，露出白色的岩石，因而视野也变宽了。小山顶上有一个大池塘，深蓝的水一平如镜。它的颜色和周围的白石山形成美的对照。在池塘的另一边有一幢石头建筑，是一幢圆形的西式楼房，乍看起来像一座古城堡，它在池水里的倒影非常清晰。我觉得自己真像是处在我小学时代爱读的格林童话的世界中。我想像在那座城堡里住着一个女巫,或者有一个被诱拐的公主睡在那儿。当我走近这座圆形建筑时,我发现入口处的大门已不见了,而且毫无人居住的痕迹。楼内只有一些野餐者吃剩的饭菜残迹。显然,这幢洋楼原先是打算用做旅馆的,但这一计划从来没有完成过。周围连一个人影也没有。我爬上二楼,欣赏了一会儿异国情调。

一到5月份,我们家附近樱花盛开,显得很美。10月里我们到松树林中采蘑菇。在苦乐园散步虽使我得到很大的乐趣,但并没有使我产生新的想法。

昭和九年(1934年)来到了。理学部的新楼已竣工,到4月我将搬进这幢神气的3层楼房。街道直铺到大楼的前面,它通向火车站,交通总是很繁忙,车辆来往络绎不绝。我觉得在这个楼里好像非努力工作不可,我有时感到好像有人在追赶我似的。对于自己的研究毫无眉目这一点,我开始感到急躁起来。

我辞掉了我在京都大学的职位,成了大阪大学的专职讲师。我即将在新学期里开始讲电磁学,尽管这不是我所拿手的一门课程。但是,我的思想仍然集中在核力问题上。

有一天,我在新到的杂志中发现了费米的有关 β 衰变的论文,我想我在读它时必定脸色变得苍白了。难道我又一次被费米打败了吗?我认为如此,原因如下。

在一个重核中,一个中子变成一个质子,而有一个电子被射出;或者相反,一个质子变成一个中子而有一个正电子被射出——这曾经就是β衰变的图像。但是这一概念中却有一个很大的缺点，因为如果单单射出电子（或正电子），那么在这过程中能量守恒定律就不成立。关于这一点人们多年来就有许多争论。玻尔认为能量确实是不守恒的。我之所以不能用电子来充当核力所投接的"球"的一个理由就和这一点有关。

然而，在1931年，泡利曾经在一次会议上提出这样一种想法：在β衰变中电子（或正电子）也许并不单独逸出。相反，有一种叫做中微子的粒子和它一起被发射出来，而且这粒子带走了满足能量守恒定律所必需的能量。我当时并不知道泡利的这一论点。然而，费米却将他的β衰变理论建立到了泡利这一想法的基础上。读了费米的论文以后，我很想知道强核力问题能不能用同一种方式来解决。这就是说，中子和质子能不能"投接"一对粒子，即一个电子和一个中微子？投接练习中的"球"在这里将被一对粒子所取代。

到我开始沿这条路线认真思考问题的时候，几位外国科学家也已经在研究同一种想法，而且他们的研究成果[1]已见于杂志。然而，结论却是否定性的，由交换电子和中微子而引起的力远小于核力。我却被这否定性结论振作起了精神，它使我睁开了双眼，因此我想：我不妨跳出包括新的中微子在内的已知粒子的范围之外去寻找属于核力场的粒子。如果我专注于探究核力场的特

---

[1] 系指苏联的塔姆和伊万宁柯的研究成果。

征，那么我所寻求的粒子的性质也就显而易见了。当我开始这样思考问题时，我曾经几乎达到了自己的目标。

我在白天不能够产生出有创造性的想法来，而是一头扎进了写在一些纸片上的各种数学方程式中。另一方面，当我晚上躺在床上时，各种有趣的想法就会在我的脑海中浮现出来。它们似乎自由地成长着，不受许多数学方程的干扰。过不久我终于因疲惫不堪而入睡了。

当第二天早晨我再思考这些想法时，我发现它们全都毫无价值。我的希望如同噩梦一般随着晨曦消失了。我不知道这样的经历重复了多少次！

昭和九年（1934年）9月21日，早晨刮着大风，我照例离家去大阪大学。风大得怕人，许多东西像树叶一般被吹得飞扬起来。路旁横着被刮倒的树。我想到再走下去有危险，就转身往回走了。妻子已怀孕，快要生我们的第二个孩子了。接生婆在风稍停后就来我们家了。这次台风——著名的室户台风——过去了，天气突然转冷，接踵而来的是晴朗的秋天。我的次子高秋出生于29日。当时，他的哥哥只有一岁半。我正睡在里屋的一间小房间里，但我照例在想着问题。我的不眠症又犯了。我在床边放了一本笔记簿，我一有想法就能随时记录下来。这样持续了好几天。

10月初的一天夜里，我突然想到了关键问题。核力的作用距离极其短，约为10兆分之2厘米。这一点我早已熟知。我的新见解是认识到这个作用距离和我所要寻求的新粒子的质量互成反比。我怎么以前没有注意到这一点呢？第二天早晨，我解决了新粒子的质量问题，发现它大约是电子质量的 200 倍。它还必须具有正的或负的电子电荷。当然，这样一个粒子还没有被发现，我反问自己："为什么没有发现呢？"答案是简单的：产生这样的一个粒子将需要 100 兆电子伏特的能量，而当时还没有能产生这样高能量的加速器。

我变得越来越自信了。我在菊池研究小组的会议上跟大家谈了这种新理论。那时，菊池说："如果有这样一种带电粒子，那么它应当可以在威尔逊云室中被观察到，不是吗？"我答道："是的，这粒子可以在宇宙射线中被找到。"

此后不久，在日本数学物理学会大阪分会的例会上，以及在 11 月东京本部的例会上，我宣布了这一新理论。仁科教授对这理论颇感兴趣，他向我表示了祝贺。到 11 月底，我用英文写了一篇论文，寄给数学物理学会。我如此快地写出这篇论文的原因是因为我妻子不断催我："请快点写出英文论文，公之于世界。"

我觉得自己像是一个在山坡顶上的一家小茶馆里歇脚的旅人。这时我并不去考虑前面是否还有更多的山山水水。

尾　声

　　我的回忆至此结束了，至少是暂时地结束。这是我自出生以来一直到我 27 岁零几个月这一段时期里所发生的许多事情，以及我当时对它们所做出的反应的记录。在我的回忆中可能有一些细节上的差错。我曾尽可能多地倾听亲友们的谈话，以便加强自己的记忆，减少差错。

　　我不想再从这里往后写下去，因为我坚持不懈地从事研究的那些日子是值得我怀念的，而另一方面，当我想到自己如何日益被研究以外的事情所困扰时不免感到悲哀。但是，我最后必须表达我的一些感谢心意。我想对那些使我能够竭尽全力研究物理学的人们表示我的谢意。在本回忆录中出现的所有的人，不管他们彼此是多么地不同，他们就是这样的人。在本回忆录里因为某种理由而未予提及的人当中，我必须感谢的人也有许多。

　　我还必须写到这样一些人，他们曾协助我的研究并且在本回忆录描写的那段时期以后对于这项研究的发展做出了贡献。我觉得自己特别幸运的是，从昭和九年到十四年（1934—1939 年），介子理论的萌芽时期，我拥有杰出的助手。昭和九年 4 月，坂田昌一从东京的理化学研究所来到大阪大学，和我在同一研究室，我们共同进行了研究。两年后，武谷三男开始加入我们的讨论。接着，小林稔也来加入了我们的小组。我是一个孤独的人，而且也很固执，因此我发现我们4个人能够在如此长的时间里非常愉快地共同从事研究是很可惊异的。

最后，我想附带提及这个回忆录（在其原始形式下）找到了意想不到的各种各样的读者。我从相识和不相识的人们那里收到了许多的赞扬信和指正我的错误的信。由于我不可能一一答复这些信，因此我愿意借此机会对他们表示感谢。

后　记

　　自《旅人》在《朝日新闻》连载已过去近两年。朝日新闻社将其出版成书也有一年多了。如今，借角川文库再版本书之际，我又将其仔细读了一遍。除细微的措辞调整和对几件事的极小的改动之外，并无其他修正。因为无论好坏，我认为自己已将照片的原貌画出来了。写报纸连载是场苦行。现在看来，我这个不怎么有趣的科学家的前半生能被记录并流传下去，十分感谢给了我这个机会的朝日新闻社，尤其是当时不遗余力协助我的社员泽野久雄，在此表示感谢。

昭和三十四年（1959年）岁末
汤川秀树

译 后 记

在译文编辑常剑心女士的帮助下,本书译稿在新时代又可问世了。

这对我有特殊意义。

首先,实话实说:我的"汤川研究"早已流产了。这项研究可追溯到上世纪八十年代初,我在复旦大学读研期间,有幸结识了我的论文导师戈革先生。他是当年国内最具实力的量子力学史研究专家,曾独力完成了十二卷《尼耳斯·玻尔集》的汉译工作。鉴于我曾学过量子力学,他鼓励我也作些量子力学史的研究,并专攻汤川研究。正是在他具体帮助下,我先后译出了汤川的两本小书,《创造力与直觉》以及《旅人》。两书都经过他亲自校订。虽然后来译稿侥幸得以出版,但不被工作单位承认,直接影响到职称晋升,不得已只能放弃研究。

其次,汤川自传《旅人》虽说是我科研夭折的产物,但能出版却于我别具纪念意义,可藉此寄托我对恩师兼"忘年交"故友戈革先生的深切怀念之情。若无他倾力相助,两本汤川书的翻译水平肯定达不到基本要求。记得《旅人》第四章有首明治时代的校歌《金刚石》,有四句歌词。我原译作:

金刚石必须磨擦，

否则宝石不闪光。

只有在学习之后，

人们才知道诚德。

后来见人出书也译过这首校歌，译成如下四句：

金刚石不磨，

就不会发光；

人要学习后，

道德才高尚。

译得比我好，但仍不尽如人意。戈先生改译为：

玉不琢，

不成器；

人不学，

不知"道"。

顿时浓浓的历史感就显现出来了。在《创造力与直觉》中，汤川的创造力理论有个重要概念，英文写作 identification，日文汉字是"同定"。那个英文词国内通译为"识别"，但总觉得不合汤川原意。戈先生根据上下文酌定出一个四字新词："等同确认"。不仅巧妙地传达了汤川创造力理论的精义，而且与日文汉字"同定"词义尤其切合。

我译介汤川生平及其思想的初心是，想在上世纪改革开放时期重视科学研究之际，推动国内科学界冲刺诺贝尔奖，学习日本经验，创造中国奇迹！我至今仍认为这个梦想是现实的。汤川的"创造论"思想，就相当于我们常说的"创新"观念。

译者周林东

2021年7月

TABIBITO ARU BUTSURIGAKUSHA NO KAISO
© Hideki YUKAWA 1960, 2011
First published in Japan in 1960 by KADOKAWA CORPORATION, Tokyo. Simplified Chinese translation rights arranged with KADOKAWA CORPORATION, Tokyo through Tuttle-Mori Agency, Inc.

图字：09 - 2022 - 0052 号

图书在版编目（CIP）数据

旅人：一个物理学家的回忆/（日）汤川秀树著；周林东译 .—上海：上海译文出版社，2022.10
　（译文纪实）
　ISBN 978 - 7 - 5327 - 9006 - 7

Ⅰ.①旅… Ⅱ.①汤…②周… Ⅲ.①回忆录一日本一现代 Ⅳ.①I313.55

中国版本图书馆 CIP 数据核字(2022)第 177881 号

旅人：一个物理学家的回忆
[日]汤川秀树/著　周林东/译　戈革/校
责任编辑/常剑心　装帧设计/邵旻　观止堂_未氓

上海译文出版社有限公司出版、发行
网址：www.yiwen.com.cn
201101　上海市闵行区号景路 159 弄 B 座
启东市人民印刷有限公司印刷

开本 890×1240　1/32　印张 7　插页 2　字数 95,000
2022 年 11 月第 1 版　2022 年 11 月第 1 次印刷
印数：0,001—8,000 册

ISBN 978 - 7 - 5327 - 9006 - 7/K · 303
定价：45.00 元

本书中文简体字专有出版权归本社独家所有，非经本社同意不得转载、摘编或复制
如有严重质量问题，请与承印厂质量科联系。T：0513 - 83349365